海 上 雜 談

擴大出版領域影響力
創造學術界更大價值

香港城市大學出版社與廣西師範大學出版社自2017年建立策略夥伴合作關係，結合雙方在文化與出版上的影響力，香港城市大學出版社及廣西師範大學出版社共同策劃，並合作出版學術專著及大眾讀物，聯合引進有共同意向和市場前景的國外版權圖書，分別在內地和香港出版發行。

香港城市大學出版社 1996 年成立，是香港城市大學的出版部門，一直致力於推動學術研究，傳播知識和富創意的作品，以及提升知識轉移。香港城市大學出版社主要出版三類書籍：學術書籍，專業書籍及一般書籍，範圍涵蓋文、理、工、社科、商、教育及法政等方面，尤其專於出版有關中國研究、香港研究、亞洲研究、政治和公共政策的書籍，竭力出版具地區影響力及長遠價值的作品。

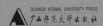

廣西師範大學出版社於 1986 年 11 月 18 日在桂林成立。多年來，出版社堅持為教學科研服務的出版方向和社會效益優先的出版方針，以「開啟民智，傳承文明」為追求，為履踐自身的文化使命，在以教育出版為中心的基礎上，優化圖書結構，形成了一軸（教育出版）兩翼（學術人文和珍稀文獻出版）、多元並舉的出版格局。

青青子衿

系列

鄭培凱 主編

海上雜談

隱堂

謝天振

CITY UNIVERSITY OF
HONG KONG PRESS
香港城市大學出版社

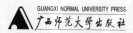
GUANGXI NORMAL UNIVERSITY PRESS
廣西師範大學出版社

統　　籌　　陳小歡

實習編輯　　關喜文（香港城市大學中文及歷史學系四年級）

　　　　　　楊茗（香港城市大學英文系二年級）

書籍設計　　蕭慧敏　 *Création* 城大創意製作

鳴謝

本叢書名「青青子衿」及書名「海上雜談」由鄭培凱教授題字，謹此致謝。

國際統一書號：978-962-937-337-5

出版

　　　　香港城市大學出版社
　　　　香港九龍達之路
　　　　香港城市大學
　　　　網址：www.cityu.edu.hk/upress
　　　　電郵：upress@cityu.edu.hk

©2018 City University of Hong Kong

Miscellany from a Shanghai Scholar

(in traditional Chinese characters)

ISBN: 978-962-937-337-5

Published by

　　　　City University of Hong Kong Press
　　　　Tat Chee Avenue
　　　　Kowloon, Hong Kong
　　　　Website: www.cityu.edu.hk/upress
　　　　E-mail: upress@cityu.edu.hk

Printed in Hong Kong

目錄

第二編　學界雜俎

第三編　師友雜憶

總序

　　香港城市大學出版社邀約我編一套叢書，希望由著名的人文學者來執筆，反映文、史、哲、藝各個領域的學術研究，最好是呈現長期累積的研究心得與新知，厚積薄發，深入淺出，讓一般讀者讀得興味盎然。這一套書要有學術內容，但不是那種教科書式的枯燥羅列，或是充滿了學術術語與規範的高頭講章。社長與副社長跟我討論了一番，勸我出面聯繫學界名流，請他們就自己著作中，挑選一些比較通俗而有啟發性的文章，或說說自己在學術研究上最有開創性的心得，編輯成書，出版一個系列，以吸引關心人文知識的讀者，並能刺激青年學者，啟導他們在學術研究的道路上，得到前輩的啟發，追尋有意義的學術方向。

　　大學出版社出版學術書籍，一般有兩種類別與方向：一是毫無趣味的入門性教科書，雖然言之有物，卻乾巴巴的，呈現某一學術範疇的全面知識，主要提供基礎學問給學生，可以作為回答考試的標準答案。另一類則是學術專題的深入研究，將學者鑽研多年所累積的學術成果撰寫成專著，解決特定的學術問題，為學術的提升貢獻新知，是專家寫給專家看的書籍。

　　出版社想出的這一套叢書系列，是希望我聯絡學界耆宿，說服他們寫隨筆文章，揭示自己潛泳在學海中的經驗與心得，既要有知識性，有學術的充實內涵，又要有趣味性，點出探求學術前沿與新知的體會。其實，這類文章最難寫，先得吃透了整個學術領域的知識範疇，潛泳其

間，體會出知識體系的脈絡，然後像葉天士那樣的名醫把脈一樣，知道學術研究的病灶難點，指出突破的方向與探索的前景。出版社希望的目標，聽起來很有道理，説起來很輕巧，卻是最難以做到的。

　　現在有許多學術著作，展示了刻苦鑽研的成果，像清朝的考證學一樣，旁徵博引，把古往今來的相關知識全都引述了一通，類似編了本某一專題的註解大全，最後才説出幾頁自己的研究心得。有些論述長篇累牘，往往沒有什麼新意，只讓我們看到作者皓首窮經的辛苦耕耘，卻不一定有什麼收穫。這樣的研究專著，看來是為了學術職場的升等，寫給學術考核的專家們看的。精深難懂的研究專著，有其出版的必要，因為它總是長期學術耕耘的成果，功不唐捐，甚至有可能是可以傳世的巨作，要經過好幾代學者的分析才能體會其中的奧義。但是，一般而言，大量的學術專著也只是顯示了作者的努力，讓學術同行認可其專家的地位，是給少數研究者看的。有他不多，沒他不少，對學術的發展與知識的傳播，似乎無關緊要。一般的知識精英，對學術有興趣，是想知道研究領域出現了真知灼見，能夠啟動深刻的人文思考，並不想知道某一專題研究的過程與細節，就好像人們都對科學研究的成果感到興趣，卻不肯待在實驗室裏，跟着科學家長年累月觀察實驗的過程。所以，出一套叢書，請學術名家就他們畢生研究的經驗，以隨筆的形式，總結一下心得，則是大家都喜聞樂見的。

接受了出版社的委託，聯絡了一些朋友，大家都很給面子，說「應該的，應該的」，做了一輩子學問，也該總結一下，讓一般讀者知道探求學問的門徑，理解人文學術研究的心路歷程。反正都到了退休的年齡，完全不必理會學術職場的名利，可以靜下心來反思自己的學術道路，如何可以金針度人。大家有了撰著的興趣，都問我，這套學者隨筆叢書的名稱是什麼。我突然福至心靈，好像是天上文曲星派個小精靈來點醒，脫口就說，「青青子衿，悠悠我心」，有了，就是「青青子衿」系列。

「青青子衿」一詞，來自《詩經・鄭風・子衿》，詩不長，只有三段：

> 青青子衿，悠悠我心。縱我不往，子寧不嗣音？
> 青青子佩，悠悠我思。縱我不往，子寧不來？
> 挑兮達兮，在城闕兮。一日不見，如三月兮。

按照漢代學者的解釋，是講年輕人輕忽了學習，讓老師們有點擔心，希望他們回到學校，認真讀書。陳子展先生是這樣譯成白話的：

> 青青的是你的衣領，悠悠不斷的是我的憂心。縱使我不往你那裏去，你難道就不寄給我音訊？青青的是你的佩玉綬帶，悠悠不斷的是我的心懷。縱使我不到你那裏去，你難道就不到我這裏來？溜啊踏啊，在城闕啊。一日不見，如三月啊！

這首詩的解釋，過去是有歧義的，主要是朱熹推翻漢代以來的詮釋，認定了「鄭風淫」，所以，這也是一首男女淫奔之詩。結果朱熹的說法成了明清以來的正統解釋，連現代人談情說愛，也都喜歡引述這首詩，特別是「一日不見，如三月兮」這兩句，很容易就聯想到《王風・采葛》同樣的詩句，讓人日思月想，情思綿綿。其實，認真說起來，朱熹的說法並不恰當，這首詩也不是一首「淫詩」。漢代的《毛傳》明確指出，「《子衿》刺學校廢也。亂世，則學校不修焉。」對「嗣音」的「嗣」字，解釋得很清楚：「嗣，習也。古者教以詩樂，誦之歌之，絃之舞之。」至於「一日不見，如三月兮」，《毛傳》說，「言禮樂不可一日而廢。」鄭玄則箋解說：「君子之學，以文會友，以友輔仁。獨學而無友，則孤陋而寡聞。」唐代孔穎達《毛詩正義》更延伸解釋：「禮樂之道，不學則廢，一日不見此禮樂，則如三月不見也，何為廢學而遊觀乎？」大體說來，從漢到唐的經解詮釋，說的是嚴師益友，互勉向學的意思，比起朱熹突然指為「淫奔之詩」，要恰當得多。

清末的王先謙在《詩三家義集疏》中，引述古人對《子衿》一詩的理解與傳述，是這麼說的：

> 魏武《短歌行》：青青子衿，悠悠我心。但為君故，沉吟至今。雖未明指學校，但無別解。北魏獻文詔高允曰：道肆陵遲，學業遂廢。《子衿》之嘆，復見於今。《北史》：大寧中徵虞

喜為博士，詔曰：喪亂以來，儒規陵夷，每攬《子衿》之詩，
未嘗不慨然。宋朱子《白鹿洞賦》：廣《青矜》之疑問，宏《菁
莪》之樂育。皆用《序》説。

列舉了曹操以來，歷代對《子衿》的理解與認識，包括朱熹的《白
鹿洞賦》在內，都同意《毛序》的詮釋，是關心學業，沒有人提起「淫
奔」的想法。也不知道朱熹撰寫《詩經集傳》的時候，是否突然吃錯藥
了，滿心只想男女之事，讓後人想入非非。

當然，詩無達詁，可以隨你解釋，只要解釋得通就好。我們採用漢
代去古未遠的解釋，希望青年讀者讀了這套書，可以對學術發生興趣，
在人文思維方面得到啟發。假如你堅持「青青子衿」是首情詩，那更
好，希望你能愛上這套書。

鄭培凱

自序

　　差不多是一年多前的事了，好像是 2016 年的年底吧，那一天培凱兄偕夫人鄢秀教授與我一起在滬上一家飯店吃飯。席間培凱兄提到他應香港城市大學出版社邀請，要主編一套面向大眾讀者並且深入淺出介紹中國文化的叢書，為此他已經邀請了滬上一批文史哲的名家共同參與其事，同時也想請我給這套叢書貢獻　本書。我聽了當然很高興，也很樂意，但同時又有點擔心，我説我這麼多年來一直從事比較文學與翻譯研究，恐怕與這套關於中國文化的叢書沾不上邊吧？這時坐在一旁的鄢秀教授開口説：「沒關係的，謝老師，你搞的翻譯文化不也是中國文化的一部分嗎？」鄢秀教授本人就是翻譯研究的專家，她這麼一説，我自然也無話可説了，此事也就這麼定下來了。

　　2017 年 1 月，我在廣西北海過冬。北海的冬天溫暖如春，我住的地方臨近海濱，海風吹來，空氣特別清新。我們的小區又遠離市區，除了偶爾有幾位朋友造訪外，基本沒有外人打擾，所以顯得分外清靜。我於是利用這段時間，把我以前在報紙、雜誌上發表過的一些學術散文、隨筆類的文章整理出來。由於前幾年我在復旦大學出版社剛剛出版過一本同樣性質的文集《海上譯譚》，[1] 所以這次編起來也就比較有經驗，速度也比較快。

---

1. 謝天振：《海上譯譚》（上海：復旦大學出版社，2014，2016 第二次印刷）。

在《海上譯譚》裏，主要編入我有關翻譯和翻譯研究的學術散文和隨筆，按內容把它們分為五個小輯，分別是「譯苑擷趣」、「譯海識小」、「譯界談往」、「譯事漫議」和「譯學沉思」。這次《海上雜談》文集收入的文章內容，一如書名所示，要比《海上譯譚》更廣、更雜，不限於談翻譯和翻譯文化，還涉及大陸學術界、文化界的一些普遍問題；翻譯方面的文章則多是《海上譯譚》出版後發表的文章。我也按文章的內容把三十幾篇文章分成三個小輯，分別是第一編「譯苑雜議」、第二編「學界雜俎」和第三編「師友雜憶」。

我在《海上譯譚》的〈前言〉裏曾坦承，是著名作家、翻譯家賈植芳教授影響的緣故，我才開始慢慢地重視並喜歡給報刊寫點小文章和學術性散文。賈先生稱這些文章為「報屁股文章」，因為這些文章通常刊登在報紙的副刊上，而副刊通常位於一厚疊報紙的最後面。但賈先生告誡我說：「不要看不起報屁股文章，它的影響力有時比你那些正兒八經的學術文章還大哩。」事實也正是如此，由於報刊雜誌的讀者面廣，傳播面大，我覺得在這裏發文章其實也是知識分子踐行他對社會的使命和職責的好機會。我很景仰賈先生那一代知識分子秉筆直言的風範，所以我為報刊雜誌寫文章時，通常也是直抒己見、直言不諱的。譬如我在第一編〈文學獎如何真正成為一種導向〉一文中，就對文學翻譯空缺 2010 年第五屆魯迅文學獎一事提出尖銳的批評和質疑：「在評選代表一個國

家最高級別的優秀翻譯文學獎時把眼光僅僅、或主要集中在譯作的翻譯質量以及編輯質量上——具體而言也即其語言文字轉換是否貼切、是否準確等，是不是就夠了呢？」我指出：「文學翻譯之所以空缺本屆魯獎，與其說是因為中國目前文學翻譯界缺乏優秀的翻譯作品，不如說目前的魯獎優秀翻譯文學獎的評獎理念、機制、方法、標準等方面存在着一些問題。」所以我呼籲，要對「魯獎優秀翻譯文學獎的評獎理念、機制、方法、標準進行適當調整」。其實自從第三屆魯迅文學獎把優秀翻譯文學納入它的評獎範圍以來，我對所謂「優秀翻譯文學獎」的評獎理念、機制、方法、標準等一直持批評態度，曾不客氣地指出，按這樣的評獎方法和標準，即使魯迅先生本人帶着他的譯作來申請評獎，也肯定得不到這個以他名字命名的「優秀翻譯文學獎」。這不是莫大的諷刺麼？

不過在本書中，我還是把更多的精力放在對新的翻譯理念的闡釋上。傳統的翻譯理念對我們每個人的影響實在太深了，甚至連錢鍾書這樣的大學者在討論林紓的翻譯時都會暴露出一定的矛盾心態（參見本書〈譯者的隱身與現身〉一文），所以我在本書中通過對一些電影片名翻譯、對一些有趣的翻譯事件的闡釋和剖析，讓讀者意識到，「今天，讓我們重新認識翻譯」。在我看來，唯有確立了符合翻譯本質的翻譯理念，我們才有可能做好翻譯，包括「譯入」，更包括「譯出」（即文化外譯）。

第二編「學界雜俎」中〈紙質文本的深度閱讀改變人生〉等三篇文章是與讀者分享我的讀書、買書的經歷和體會。我對當下年輕人越來越滿足於網上閱讀、而越來越少人能沉下心來捧讀一本紙質的人文圖書這個現象感到震驚和擔憂，因為網上的速食式閱讀大多只是解決一時之需的資訊資料，而不大可能代替通過紙質文本或類似紙質文本的電子文本的深度閱讀。我的體會是：「紙質文本的深度閱讀改變了我的人生，也鑄造了我充實的人生。」

這一編中與諾貝爾文學獎有關的三篇文章闡述了我對諾獎的看法，有批評，也有肯定。其中〈文學的回歸〉一文發表後不久，恰值文章提到的 2010 年諾獎得主略薩訪問我任教的上海外國語大學。在與略薩見面的小型座談會上，我對略薩說：「我為他的獲獎感到高興，但又不是為他。」我說到這裏故意停頓了一下，略薩也頗感驚訝地望着我。我於是繼續說下去：「我是為諾獎評委感到高興，因為此舉給諾貝爾文學獎注入了明確的文學因素，表明了一個文學獎項對文學的回歸。」略薩聽罷我的話非常興奮，高興地拉着我的手與我合影，並在我的書上題詞留念。

這一編中的〈部長辭職與兔子寫博士論文〉一文與兩件事有關：一件是發生在德國政界的一則真實醜聞，即一位年輕有為的國防部長因多年前寫的博士學位論文涉嫌抄襲，在社會各方的壓力下不得不黯然

辭職；另一件事則是在網上傳播的一則當代寓言，說的是兔子仗着牠強而有力的博士生導師獅子做後台，寫的博士論文不管是什麼題目都能通過。借用這一虛一實兩件事，我對目前中國大陸的博士學位論文的寫作、指導、答辯等問題進行了反思，並提出一些建議。

第三編「師友雜憶」中的六篇文章是我在本書中用情最深的幾篇文章。六篇文章中所回憶的人物，除傅雷外，其餘幾位都是我與他們有過直接交往的學界前輩和朋友。其中對我影響最深、最大的，毫無疑問是賈植芳先生。一方面，當然是因為我與賈先生交往的時間最長、最密切——有好幾年的時間，我幾乎每個星期會在賈先生家裏至少吃一兩頓飯；但另一方面，他的傳奇經歷——他一生坐過四個朝代（北洋軍閥、日本人、國民黨和共產黨）的牢，他歷經磨難卻仍然保持着的堅毅樂觀的性格，他在人生最攸關的時刻仍堅持不出賣朋友，一生堅守要把「人」字寫得端正一點，等等，給我的影響極其深刻。我感覺我沐浴在他的人格光輝之中，我的靈魂在潛移默化中也得到了昇華。

與賈先生相比，方重先生可說是另一類型的知識分子：賈先生熱情好客，愛交朋友，而且與各種職業的人都能找到共同語言，談得來。方先生身上有明顯的英國文化印記，衣着乾淨利落，舉止溫文爾雅，言語不多，似有幾分矜持，頗有一點英國紳士的派頭。方先生在中古英語的翻譯（喬叟作品的漢譯）、莎士比亞戲劇翻譯和陶（淵明）詩英譯上所

取得的成就，是令國際學界都為之矚目的，但他的為人卻相當低調，待人極其謙和，甚至顯得有點文弱。然而，當文化大革命這樣史無前例的風暴向他襲來時（他是上海外國語大學第一個被貼大字報「炮轟」的「反動學術權威」），他卻依然能表現得相當的超脫和淡定，這又讓我看到了他與賈先生的相通之處——中國知識分子高貴、堅毅的獨立人格。

在與老一輩知識分子的交往中，我越來越真切地感受到，他們的靈魂是相通的，這也是儘管我與傅雷先生生前並無直接的交往，但在2016年他「棄世」50周年之際，我會忍不住寫了一篇紀念他的文章〈魂兮歸來〉的原因，因為我被傅雷先生身上那種知識分子的獨立人格所感召，為他堅守翻譯家對民族、對國家的崇高使命感所感召。

方平先生與邁克爾教授是兩位非常純粹的文學翻譯家。兩人都屬於才華橫溢型：方平先生既做翻譯，又能做外國文學研究，還能寫詩，著譯甚豐；邁克爾教授精通十餘種外語，同樣譯著豐碩，且獲得了多項翻譯獎項。兩人都把他們的一生獻給了他們熱愛的文學翻譯事業：方平先生晚年積極組織、並身體力行，為讀者奉獻了一套高質量的詩體莎士比亞戲劇全集；邁克爾直到去世前幾天，口中還念念有詞，在斟酌某個詞應該怎麼翻譯。不無巧合的是，兩人對物質生活都極其淡泊，衣着儉樸，日常生活中都捨不得花錢。但是，為了在上海建造一座莎士比亞的塑像，方平先生毫不猶豫地捐獻了數萬元的私人積蓄。而邁克爾教授為

了推動美國的文學翻譯事業，給美國筆會中心捐獻了七十三萬多美金，資助了一百多位譯者，出版了七十多部譯作，卻不許筆會中心公佈他的名字。直到他去世後，筆會中心徵得他夫人的同意才公開了這個「秘密」。

《海上雜談》是我第二本學術散文、隨筆文集。考慮到本書是在香港出版，讀者群體與大陸有所不同，所以我也有意挑選了幾篇曾收入《海上譯譚》的文章放入本書，以便香港讀者對我的《海上譯譚》有所了解，並對翻譯產生進一步的興趣。

最後，我要借此機會向培凱兄、鄢秀教授表示感謝，沒有他們的邀約，就不會有這本小書。培凱兄的書名題字，更是給這本小書增加了光彩。而正如鄢秀教授所言，我多年來一直在宣傳一個理念，即翻譯文學、翻譯文化也是中國文學、中國文化的一個組成部分。我很希望借助這套「青青子衿」系列叢書把這個理念進一步地宣傳出去，讓廣大讀者都能來「重新認識翻譯」。

2018 年 1 月 15 日
於廣西民族大學相思湖畔

第一編

譯苑雜議

今天，讓我們重新認識翻譯
——從 2015 年國際翻譯日主題談起

　　在極大多數人的眼中，翻譯不就是那麼回事麼：把外文翻成中文，或是把中文翻成外文，有什麼可重新認識的？其實不然。就像購物（shopping），我們從前對它的理解離不開「上街，逛商店」，但今天「網購」的興起已經極大地刷新了我們關於「購物」的概念，剛剛過去的「雙十一」可以說是對它的最好印證。而今天翻譯所發生的變化一點也不亞於購物的變化。讓我們先從今年的國際翻譯日主題談起。

　　每年的 9 月 30 日即國際翻譯日，英文為 "International Translation Day"，根據英文其實也可翻譯成國際翻譯節。事實上這一天也確實是全世界翻譯工作者共同的節日。每年的這一天，或在此之前的幾天，世界各國的翻譯工作者都會集會慶祝自己的節日。每年國際譯聯（International Federation of Translators, FIT）——這是一個有八十多個國家翻譯協會參加的國際組織——則都會為這個節日推出一個慶祝主題。從某種意義上而言，這個慶祝主題也是提請國際社會關注翻譯的現狀、作用、地位和變化。2015 年國際翻譯日的主題正如其標題所示，為我們描繪出了一幅「變化中的翻譯面貌」（the changing face of translation and interpreting）：從幾十年前還在使用鋼筆和打字機進行翻譯，到如今開始使用語音辨識工具進行翻譯，也即只需要動動

嘴，語音辨識工具就能把你說出的話翻譯成你需要的外語。半個多世紀前在紐倫堡審判中首次採用現場同聲傳譯被認為是口譯的一大飛躍，而如今通過電話手機進行的視頻遠端同傳，可以讓你不管身處地球何方，你都可以享受到所需要的口譯服務。就在前幾天我到北京開會，碰到北京大學中文系主任陳躍紅教授，他給我看了國內某公司安裝在他手機裏讓他試用的一款翻譯軟體，還當場演示給我看：他說了幾句話，手機語音系統立即把他的話翻譯成了英文，且很正確。陳教授告訴我，他用這款翻譯軟體已經接待過兩批國外專家，無論是漢英互譯還是漢法互譯，溝通都無障礙。可見翻譯的變化已經在我們的身邊、在我們的現實生活中切實地發生了。

　　由此我不由得想起幾年前的一件趣事。當時我寫了一篇文章，文中提到上外高翻學院的實習基地承接了聯合國的一項任務：在兩小時內翻譯一篇將近三萬字的會議文件。一位讀者看後寫信給報社質疑此事的真實性，他說：「我就是不做翻譯，光按一個鍵，兩小時也按不出三萬字來啊！」這位「認真」得可愛的讀者顯然是用傳統的翻譯，尤其是文學翻譯的思維方法來想像今天的實用文獻、文檔的翻譯流程，他不知道我們把三萬字的任務分配給了五位青年譯員，而這五位譯員在翻譯時使用了先進的翻譯軟體，同時他們還通過網際網路保持彼此間的溝通，這樣在碰到疑難問題時可以隨時商量，同時也可保證譯文的一致性。而與此同時，一位資深譯員則承擔着統稿和定稿的任務。他同樣通過網際網路與其他五位譯員保持溝通，這就意味着在其他五位譯員進行翻譯的同時他已經在進行統稿和定稿了。而一旦他發現在某個術語或專用名詞的譯法上出現不一致時，他會立即決定採用某個合適的譯法，而這個譯法也就立即

會作為定本反應到五位譯員的電腦顯示幕上，這樣他們在繼續往下翻譯時就能保持譯名的統一。更有甚者，由於聯合國文件的表述有較高的重複率，該基地多年從事聯合國文件翻譯又積累了一個豐厚的語料庫，因此我們的譯員在按下一個鍵時顯示幕上出現的也許就不只是一個字，而很可能是一個短語，一句句子，甚至一個段落，這是那位「認真的」讀者無論如何也想像不到的。他不知道，現代科技的發展，已經極大地改變了翻譯的面貌，不管是口譯還是筆譯。

翻譯工具的這些變化，電腦、網際網路等現代科技手段的介入，極大地提高了翻譯的工作效率和翻譯品質，而且使得現代意義上的合作翻譯成為可能，使得世界一體化的翻譯市場的形成成為可能。2015 年國際翻譯日主題指出：「得益於跨時區的溝通，客戶晚上離開辦公室前發出的文件，第二天早晨回到辦公室時就可以拿到譯稿。」

不過，今天我們要重新認識翻譯，不光要看到翻譯的手段、工具所發生的變化，我們還應看到翻譯的內涵和外延的變化，這更具實質性。傳統上，我們只是把翻譯理解為兩種語言文字之間的轉換，也即我們業內所說的「語際翻譯」（interlingual translation）。其實翻譯還有「語內翻譯」（intralingual translation），即同一語言內的語言文字的轉換，如把古代漢語典籍、詩詞轉換成現代白話文；還有「符際翻譯」（intersemiotic translation），如把手語、旗語、燈光信號、密碼等表達的意思翻譯成我們能夠理解的語言文字。這是我們平時談論翻譯時經常忽視的。而隨着數位化時代的來臨，翻譯的對象除了傳統的紙質文本外，還湧現出了形形色色涵蓋了文

字、圖片、聲音、影像等多種形式符號的網狀文本，也即超文字（hypertext）或虛擬文本（cybertext），翻譯的內涵和外延明顯擴大，從而超出了我們傳統的翻譯理念。

與此同時，翻譯的生產方式也發生了變化：從歷史上翻譯主要是一種個人的、且具有較多個人創造成分的文化行為，正逐步演變為一種團隊合作行為，一種翻譯公司或語言服務公司主導的商業行為。這當然也跟非文學翻譯已經成為當前翻譯的主流有關。有關統計資料表明，從 1980 年至 2011 年，中國語言服務企業總數從 16 家發展到了 37,197 家。而到了 2013 年底，更是增加到了 55,975 家。至於語言服務業的專職從業人員，截至 2011 年底是 119 萬人，其中翻譯人員達 64 萬人。可見中國的翻譯服務業已經成為一個具可持續增長潛力的新興服務行業了。

值得注意的還有，當前翻譯的方向（譯入或譯出）也增添了一個新的維度，越來越多的國家和民族開始積極主動地把自己的文化譯介出去，以便世界更好地了解自己。這樣兩千多年來以「譯入」為主的翻譯活動就發生了一個非常重要的變化，翻譯領域不再是譯入行為的一統天下，民族文化及相關文獻的外譯成為當前翻譯活動中一個越來越重要的領域。有關資料表明，中國語言服務企業的中譯外工作量佔比在 2011 年首次超過了外譯中，達到 54.4%；而到了 2013 年底，已經有 64% 的翻譯服務企業中譯外業務量佔其業務總量的一半以上，顯著高於外譯中，其中 13% 的企業其中譯外業務量佔比甚至高達 80% 至 100%。不難預見，隨着中國文化「走出去」力度的進一步加大，翻譯將在推動中國政治、經濟、文化、科技等走向世界的過程中發揮越來越重要的作用。

但問題也隨之而來：翻譯的變化如此之大，發展如此之快，我們對它的認識卻有點滯後。長期以來，我們對翻譯的認識是，只要把一種語言文字表達出來的東西完整、準確地轉換成另一種語言文字，那就算是成功的翻譯了，卻忽視了翻譯的根本屬性——跨文化交際。在這種理念的指導下，我們的翻譯家孜孜以求的目標就是交出一份所謂「合格的譯本」。然而今天如果我們簡單地以這種理念去指導我們的非文學翻譯、非社科經典的翻譯（譬如商品品牌的翻譯），去指導我們的中國文學、文化的對外翻譯，那就會有問題。事實上，我們這幾十年來在中國文學及文化的外譯方面做得不是很成功，其根本原因就是在用「譯入」的翻譯理念指導今天的「譯出」行為，而忽視了「譯入」與「譯出」之間的一個重要區別：前者的讀者對外來文化有內在的自覺需求，所以你只需提供「合格的譯本」就會受到歡迎。但後者不然，後者的讀者並沒有這種需求，所以你必須採取能引起對方讀者興趣、符合對方讀者的審美趣味和閱讀習慣的翻譯策略。葛浩文（Howard Goldblatt）翻譯莫言的作品之所以能取得成功，就是在這方面做了切合實際的努力。

　　所以，呼籲重新認識翻譯，就是希望我們能正視、重視翻譯的最本質的屬性——跨文化交際，這也是 2012 年國際翻譯日的主題——「翻譯即跨文化交際」（translation as intercultural communication）。翻譯不管它如何變化，如何發展，它的最終使命就在於促進各民族之間切實有效的跨文化交際。對「譯入」「譯出」不加區分，簡單、片面地追求所謂的「忠實」、「完整」、「準確」，而忘卻翻譯的這一最終使命，那就是進入了翻譯的誤區，那樣的翻譯也就很難取得成功。

翻譯文學：經典是如何煉成的

　　要成為翻譯文學的經典作品，要經得起不同時代的翻譯家們的「創造性叛逆」，具體而言，也就是一部原作在不同的時代會不斷有新的譯作推出──翻譯總是一種「創造性叛逆」。一部作品如果在不同的時代能夠不斷吸引翻譯家們對它進行翻譯，推出新譯本，這就意味着這部作品具有歷久彌新的藝術魅力，這本身就為它的譯本成為翻譯文學經典提供了一個基本條件。

　　同時，文學翻譯因為存在語言老化的問題，所以即使是翻譯文學的經典作品，其「壽命」通常也就是流傳一代至二代讀者的時限，之後就會有新譯作出現。

　　就像世界各國的國別文學、民族文學都會有自己的經典一樣，世界各國的翻譯文學也會有自己的經典。國別文學、民族文學中的有些作品之所以能成為經典，除了它們深刻的思想性、高超的藝術性等因素以外，還有一個重要的原因。如同美國比較文學家威斯坦因（Ulrich Weisstein）所言，它們經得起不同時代、不同國家的讀者的「創造性叛逆」。譬如《紅樓夢》，思想性、藝術性當然是它成為經典的重要原因，但它經得起不同讀者的「創造性叛逆」也同樣至關重要：道學家看到裏面有誨淫誨盜，政治家看到裏面有階級鬥爭，而普通讀者看到的則是一曲淒美的愛情故事⋯⋯

翻譯文學作品成為經典與上述國別文學和民族文學作品的經典之路也有相似之處。譬如法國作家斯丹達爾（Stendhal）的長篇小說《紅與黑》（*The Red and The Black*），儘管上世紀 40 年代趙瑞蕻就已經推出了它的第一個中譯本，爾後在 50 年代又有了羅玉君的第二個譯本。不過自 60 年代後半期起由於當時新中國特殊的意識形態和社會政治原因，《紅與黑》的翻譯被迫中止，已有的譯本也被當作禁書，在公開場合消聲匿跡。然而，「文革」甫一結束，中國進入改革開放新時期以後，《紅與黑》的翻譯立即迎來了一個「井噴」，短短幾年市面上出現了不下一二十種《紅與黑》的不同譯本，且其中不乏優秀譯作。因此，《紅與黑》的譯本也就順理成章地被視作當代中國翻譯史上的經典之一。只是我們無法把這頂「經典」的桂冠只套在某一部譯作上，這也是文學翻譯的性質所決定的，因為優秀的文學原作需要有多部不同譯作才能比較充分地展示它的全部思想深度和藝術成就。所以在《紅與黑》的翻譯中，經典的桂冠應該由這一二十種譯本中最優秀的幾部譯作共同分享。

《紅與黑》翻譯的經典之路讓我們看到，翻譯文學作品要成為經典，首先與原作在其本土甚至在世界文學史上的地位有關，與原作本身是否是經典作品有關。一般而言，原作本身就是經典，那麼它的相應的譯作通常也就更有可能成為經典，尤其是假如翻譯的品質不錯甚至屬於上乘的話。鑒於此，我們也就不難理解，為何羅念生翻譯的古希臘羅馬的悲喜劇，朱生豪翻譯的莎士比亞（William Shakespeare）戲劇，傅雷翻譯的巴爾扎克（Honoré de Balzac）小說和草嬰翻譯的托爾斯泰（Leo Tolstoy）小說，等等，會被譯界推崇為翻譯文學的經典的原因。

不過有必要指出的是，原作的地位並非是翻譯文學作品成為經典的唯一決定性因素。有時候原作並非什麼世界文學史上的巨著，甚至在其本國也是沒沒無聞，只是因為譯入語國家特殊的接受語境和社會條件，才使其成為了翻譯文學的經典。譬如《牛虻》（*The Gadfly*），在上世紀五六十年代，因蘇聯小說《鋼鐵是怎樣煉成的》（*How the Steel was Tempered*）的關係——前者是後者主人公保爾（Pavel Korchagin）最喜愛的讀物——成為中國讀者、尤其是廣大青年讀者人手一冊的必讀書，與後者一起成為上世紀五六十年代新中國翻譯文學史上的經典。但《牛虻》在其本國，卻遠遠稱不上是經典之作。其實，即使是茨威格（Stefan Zweig）這樣在中國備受推崇的作家，在其本國奧地利其實也並不被視作一流作家。與之相映成趣的是中國文學作品的外譯也有類似情況：《寒山詩》許多中國讀者都未必讀過，但它的日譯本和英譯本卻在日本和美國流傳甚廣。美國出版的的中國古典詩歌選集，甚至美國漢學家書寫的中國文學史，可以不收孟浩然，但肯定收寒山。這是因為充滿禪意的《寒山詩》正好迎合了上世紀 60 年代日美社會的學禪之風，而詩人寒山本人的形象又正好與當時美國嬉皮士青年心目中的偶像不謀而合。

　　由以上所述可見，譯作成為翻譯文學經典主要有兩種情況，一種是由外國文學經典轉化而來的經典，另一種是由接受語境造成的經典。前者我們之所以把它奉為經典，是因為它把世界各國的文學經典介紹給了譯入語國家，通過翻譯家精湛的譯筆使得譯入語國家的廣大讀者有可能一瞻世界各國文學大師的風采，領略世界各國文學精品的藝術魅力。而後者我們之所以把它奉為經典，則是因為翻譯家把它們引入到譯入語國家後，或是正好迎合了該國的意識形

態的需要，如《牛虻》；或是正好滿足了該國讀者的審美需求，如茨威格的作品；或是正好填補了某種文藝創作的空白（題材或手法等），從而對該國的文藝創作產生了巨大的影響，如上世紀 80 年代中國對西方現代派文學的翻譯。

有人也許會問，譯作成為翻譯文學經典與其本身的翻譯品質是何關係，是否翻譯品質高的譯作就一定能成為翻譯文學的經典呢？答案是否定的。如前所述，翻譯文學作品要成為經典首先要看它的原作是否是經典，看它的原作在其本國甚至在世界文學史上是否享有崇高的地位。其次要看它在譯入語國家的接受與影響。如果一部譯作翻譯的品質不錯，但其原作的思想性、藝術性都較平庸，在其本國遑論在世界文壇，評價都不高，那麼這樣的譯作就很難成為翻譯文學的經典。不過有一點可以肯定，能成為翻譯文學經典的譯作，其翻譯品質通常都是比較高的。

另外，讓認真嚴肅的翻譯家備受鼓舞的是，因了高水準的翻譯品質，從而使譯作成為了翻譯文學的經典，這樣的例子在翻譯史上絕非個案。譬如王佐良翻譯的培根（Francis Bacon）的《論讀書》（*Of Studies*）：略顯古奧但又淺近明白的中國文言，簡約凝練卻又與原文意思絲絲入扣的語體和表達，尤其是全文平衡勻稱的句子結構和一詠三歎的節奏，以及那種一氣呵成通貫全文的氣韻，讓它沒有絲毫生硬牽強的痕跡，「讀起來不像譯本」。與之相仿的還有夏濟安翻譯的美國作家歐文（Washington Irving）的散文《西敏大寺》（*Westminster Abbey*）。當我們讀着「時方晚秋，氣象蕭穆，略帶憂鬱，早晨的陰影和黃昏的陰影，幾乎連接在一起，不可分別。歲雲將暮，終日昏暗，我就在這麼一天，到西敏大寺信步走了幾個鐘

頭。古寺巍巍，森森然似有鬼氣，和陰沉沉的季候正好相符；我跨進大門，覺得自己好像已經置身遠古世界，忘形於昔日的憧憧鬼影之中了。」我們已經感覺不到這是美國作家的作品，倒像是美國作家自己在用中文寫作了。這些譯作被譯界推崇為中國翻譯文學的經典之作，不斷地被推薦、引用、閱讀，甚至被編入教科書，主要倒不是因為原作的地位，也不是因為譯作對中國文學文化所產生的影響，而純粹是因為譯作本身精湛的譯筆，高超的翻譯品質。

如前所述，文學翻譯因為存在語言老化的問題，所以即使是翻譯文學的經典作品，其「壽命」通常也就是流傳一代至二代讀者的時限，之後就會有新譯作出現。譬如林紓的翻譯，伍光建的翻譯，在當時堪稱經典，但後來也被新的譯作取代了。不過在中外翻譯史上也有一些譯作卻能打破文學翻譯的這個「魔咒」，在世上長久流傳，譬如中國文學史上的〈敕勒川〉（風吹草地見牛羊），殷夫翻譯的裴多菲（Sándor Petöfi）的「生命誠寶貴，愛情價更高，若為自由故，二者皆可拋」等。英語世界也有同樣的例子，如菲茨傑拉德（E. Fitzgerald）翻譯的《魯拜集》（*Rubaiyat*），龐德（E. Pound）翻譯的中國古詩《神州集》（*Cathay*），等等。但這些「譯作」都有一個共同的特點，即它們具有較多的翻譯家的個人創造成分——當代譯論稱之為「創譯」，且譯作已經融入了譯入語文學、文化。所以這些譯作與我們討論的翻譯文學經典還不能完全等量齊觀。

一代人有一代人的翻譯

　　一代人有一代人的翻譯，就像一代人有一代人的歌曲一樣：周氏兄弟、錢鍾書那代人喜歡讀林紓的翻譯，嚴復的翻譯；我們這些三四十或四五十年代出生的人，喜歡讀朱生豪翻譯的莎士比亞，喜歡讀傅雷翻譯的巴爾扎克、羅曼・羅蘭（Romain Rolland）。但是那些「八零後」、「九零後」乃至「零零後」們，他們喜歡讀誰的譯作呢？目前似乎還未冒出眾望所歸的翻譯家偶像來，但有一點可以肯定：他們大多數人不會像我們這代人一樣熱衷於朱生豪的譯作、傅雷的譯作，更不會去追捧嚴林的譯作。

　　這個情況其實也是很正常的，因為文學翻譯有一個基本規律，那就是譯作的語言會隨着時代的發展顯得老化。這裏的「語言老化」不僅是指的帶有明顯時代痕跡的用詞，還有語體，文風，等等。這是文學翻譯中一個很獨特的現象：作為原作，無論是中文著作還是外文作品，譬如魯迅的作品，或者國外某個作家的作品，你不管何時讀它們都不會有語言老化的感覺。但是，假如我讓你讀一讀上世紀二三十年代的翻譯作品，譬如伍光建的譯作：「卡塔林那雖然對於欺負她年青的人是很性急的，很有主意，有時而且是很猛的、倔強的、驕蹇的，她雖然絕對反抗凡是顯然刻薄她的人，她卻還是很有大度的、不念舊惡的，看不起用小手段，簡直是一個高貴

的小女子。」[1] 或是周桂笙的譯作:「初余本在某商店承書記之乏。後以此店閉歇,余即失業,至是蓋半載矣。又因急欲謀得別事,所有些須積蓄,至是亦將告罄。所餘之物,盡在囊中。時余偶一念及,即探手入囊,將此數枚先令翻弄不已,心中亦惘惘無主,不知何日再有好命運,別求得先令數枚,以為爾代。」[2] 意思你都明白,但你就會明顯感覺到譯文語言有一種隔世之感。

譯文語言會老化這一現象也就決定了無論多麼優秀的譯作,它的生命都將是有限的,它都不可能像優秀的原作那樣與世長存。這也就決定了每隔一兩代人,即使是同一部原作,也必然會推出新的譯本。我們這代人也許仍然會滿懷感情地捧着朱譯莎士比亞、傅譯巴爾扎克、羅曼 · 羅蘭不放,就像錢鍾書晚年找出了林紓的譯作一本本仍然讀得津津有味,而對那些晚出的、顯然比林譯本更加忠實的譯本卻提不起閱讀的興趣來一樣,但我們不會去讀林譯本《塊肉餘生述》,而會讀董秋斯的《大衛 · 科波菲爾》(*David Copperfield*),而我們的下一代則會去尋找他們喜歡的譯本。

有人也許會不服,質問:「那為何龐德翻譯的中國古詩在英語世界至今仍擁有不少讀者呢?為何菲茨傑拉德翻譯的波斯詩人的《魯拜集》還被載入了英國文學史冊呢?」這兩個例子其實觸及到了文學翻譯的另一個性質問題,也即嚴格意義上的翻譯其生命是有限的,不可能與世長存,但帶有非常強烈的譯者創造性的翻譯——

1. 　　伍光建:《伍光建翻譯遺稿》(北京:人民文學出版社,1980),頁 6。
2. 　　周桂笙:《毒蛇圈》(湖南:嶽麓書社,1991),頁 230。

當代譯論命之為「創譯」（transcreation），特別是富有個性的、寓含着譯者獨特追求的創譯。從某種意義上而言，它已經具備了與原創作品同樣的性質，因此它也就贏得了比一般譯作遠為長久的生命力。譬如龐德，他在翻譯中國古詩時，有意識地不理會英語語法規則，把李白的〈荒城空大漠〉的詩句譯成 "Desolate castle, the sky, the wide desert"，沒有介詞進行串連，沒有主謂結構，僅是兩個名詞片語與一個名詞的孤立的並列。熟諳中國古詩並了解龐德進行的新詩實驗的人一眼可看出，這是譯者有意仿效中國古詩的意象並置手法，儘管這一句其實並非典型的意象並置句。這種譯法理所當然地使英語讀者感到吃驚，但它的效果也是顯而易見的，《泰晤士報》書評作者就曾坦承：「從奇異但優美的原詩直譯，能使我們的語言受到震動而獲得新的美。」《魯拜集》也是類似情況：如果說龐德通過模仿中國古詩在美國詩歌界創立了意象派詩歌，那麼菲茨傑拉德同樣也是通過模仿波斯詩人的原詩格律為英語世界創立了一種新的詩體。他把原作中的一些粗鄙部分刪掉，把表達同一意境而散見於各節的詞句並到一起，還把表達全集思想的幾首詩專門改寫了一遍。與此同時，他還把其他波斯詩人的內容比較接近的詩也收入了《魯拜集》。不難發現，菲氏所做的絕不是簡單的翻譯，而是融入了許多自己的創造。也因此，龐德和菲茨傑拉德的翻譯活動放在譯介學的領域裏審視更為合適，而不是放在傳統的翻譯學框架裏討論。

我們說一代人有一代人的翻譯，但並不意味着對於一部原作來說，一代人只能有一部譯作。這一點對於優秀的外國文學原作來說尤其重要，這是因為越是優秀的作品，其內容就越是豐富，思想

就越是深刻，人物的性格也就越是複雜，這樣指望光靠一部譯作就把原作中所有這些內容、思想和人物性格完整無遺地傳遞出來，顯然是不可能的。這在詩歌翻譯中更顯突出，因為詩的價值不僅僅在於它所包含的基本內容，還有它的形式美、音韻美、節奏美、意境美等多種因素。我曾引杜甫《秋興八首》的英譯者英國學者格雷厄姆（A. C. Graham）的話來說明詩歌翻譯的複雜性。格雷厄姆舉出其中的兩句詩「叢菊兩開他日淚，孤舟一繫故園心」為例指出，這兩句詩在中文裏也許「很清楚」，但英譯者在把它譯成英語時卻必須作出詩人在原文中用不着作出的選擇：「叢菊兩開他日淚」中的「開」，是花開還是淚流開？「孤舟一繫故園心」中的「繫」，繫住的是舟還是詩人的心？「他日」是指過去，還是指未來的某一天？這一天很可能像他在異鄉看見菊花綻開的兩個秋天一樣悲哀？「淚」是他的眼淚，還是花上的露珠，這些淚是他在過去的他日還是在未來的他日流下的？或者他現在是在為他日的哀愁而流淚？他的希望全繫在可以載他回家的舟上，還是繫在那永不會揚帆啟程的舟上？他的心是繫在這裏的舟上，還是在想像中回到故鄉，看到了在故園中開放的菊？……這樣，不同的譯者根據其自己的理解，也就會提供出不同的譯文。譬如同是這兩句詩，有人翻譯成這樣：

> The myriad chrysanthemums have bloomed twice. Days to come–tears.
>
> The solitary little boat is moored, but my heart is in the old-time garden.（Amy Lowell 譯）

有人則把它翻譯成那樣：

> The sight of chrysanthemums again loosens the tears of past
> memories;
>
> To a lonely detained boat I vainly attach my hope of going home.

（William Hung 譯）

在第一種譯文裏，「叢菊已經開放了兩次，未來的日子將伴隨着淚水；孤獨的小船已經繫住，但我的心仍在昔日的庭園。」在第二種譯文裏，卻是因為「看見了重新開放的菊花，才引得詩人淚流滿面，沉浸在對往昔的回憶中；詩人把歸家的希望徒然地寄託在那已經繫住的孤舟上。」這是兩種截然不同的譯本，它們從不同的角度傳達出了上述兩句杜詩的形式和意義，使英語讀者領略到杜詩的意境和了解到中國詩人的思鄉愁緒。但它們顯然又都失去了點什麼：漢語中特有的平仄音韻構成的節奏和造成的音樂美喪失貽盡自不待言，即使從詩意來說，英譯者由於受到英語語言和各自理解的限制，不得已把原詩中某些隱而不露的內容明確化、具體化，於是使得原詩中一大片原本可供馳騁想像的廣闊空間受到了約束。短短兩句杜詩的翻譯尚且如此，那麼一首長詩呢？一部詩集呢？

由此可見，優秀的原作需要有不同的譯作從不同的角度、不同的闡釋立場去挖掘它豐富的內涵，同時用體現不同時代的語言風格去盡展它的魅力。

然而目前我們的某些法律法規卻正好與文學翻譯的這一特點相悖，我指的是目前在國際上也是通行的版權保護法。眾所周知，目前我們要引進一部外國文學作品進行翻譯必須取得原作者或原作

的版權擁有者的授權。這種做法從保護作者的著作權益角度而言自然是無可非議，但對於要促進當代外國文學翻譯事業的發展和繁榮卻不甚有利。因為出版機構取得授權後只能請一位或幾位譯者進行翻譯，只能推出一部譯作。但正如以上所述，即使是非常優秀的譯作，它也不可能窮盡優秀原作的全部藝術成就和魅力。這一點在相互比較親近的西方語言之間也許還不十分明顯，但在相差甚遠的東西、包括中西語言之間的翻譯中就非常突出了。所以，我們需要學院派風格的金隄翻譯的《尤利西斯》（Ulysses），我們也同樣歡迎面向大眾讀者的蕭乾、文潔若翻譯的《尤利西斯》。與此同時，我們也期待着與前兩種《尤利西斯》譯本不同的第三種譯本的問世——它有可能是對金譯本和蕭譯本的補充、糾偏，從而使《尤利西斯》的中譯面貌更加完整，也有可能是它是提供另一種風格的譯本，讓我們領略原作的尚未被我們知曉的風格。從這個意義上而言，《尤利西斯》是幸運的，因為它已經過了版權保護期了，它可以享受不同譯者對它進行的不同的翻譯。可惜的是，當代的許多優秀外國文學作品就沒有這份幸運了。幸耶？悲耶？讓眾人評說吧。

譯者的權利與翻譯的使命

　　在傳統的譯學理念中，是沒有譯者的權利這一說的。以中西翻譯史為例，差不多兩千年以來我們在談到譯者時，談到的只有「任務」、「義務」和「責任」，卻從不會提到譯者的權利。在相當長的一段時間裏，譯者甚至連在譯作上的署名權都得不到保證。之所以如此，我想恐怕跟當時翻譯的主流對象有關：因為當時（歐洲的中世紀時期、文藝復興時期，中國的佛經翻譯時期以及五四時期）翻譯的作品大都是宗教典籍、社科經典和文學名著，譯者與原作者相比，其地位就相當卑微。學界的心目中，只有上帝、佛祖，只有古賢先哲和文學大師，哪有你譯者的地位，更遑論譯者的權利。

　　曾經也有人想爭一下譯者的「特權」，如法國翻譯史上的那個著名作家翻譯家夏爾·索雷爾（Charles Sorel）。他說：「使原著再現於各個時代，按照各個時代流行的風尚改造原著，譯者對原作做相應的改動，是譯者的特權」。然而在那個「原文至上」、「是否忠實原文是判斷翻譯優劣的唯一標準」的年代，豈能容得下這樣的言論？事實上，索雷爾自己也很快改口說：「為了使譯作達到卓越水準，必須選擇一種明智的折衷方法：既不受原作者的言詞或意義的過分束縛，同時也不相去去太遠。」

　　然而儘管沒有人給譯者以明文規定的權利，但譯者們對自己應該有哪些權利還是很清楚的，且並不放棄，譬如對於在翻譯中譯

者有沒有權利體現自己的風格的問題。在傳統譯學理念看來，譯者當然是無權在翻譯中體現自己的風格的，因為譯者的責任是傳遞原文的風格及原作者的風格，而不是展示自己的風格。但事實上，優秀的譯者在翻譯的過程中肯定不會滿足於做一個單純的文字「搬運工」，跟在原文後面亦步亦趨，被原文的語言文字束縛住自己的手腳。譬如傅雷，他明確倡言「翻譯應該像臨畫一樣，所求的不在形似而在神似」，其用意也就是要求譯者擺脫原文語言文字的「形」。眾所周知，傅雷的翻譯風格就很明顯，我們拿起隨便哪一本傅雷的譯本，只消看上幾頁，不用看封面上譯者的署名，就立即能感覺到這是傅雷的譯本。而一個不爭的事實是，我們的許多讀者正是因為喜愛傅譯的風格才愛上巴爾扎克的作品、愛上羅曼‧羅蘭的作品的。這裏，翻譯的事實與傳統的譯學理念顯然背道而馳，形成了一個悖論。

同樣的「悖論」也存在於前幾年圍繞葛浩文翻譯莫言的作品所引發的爭論上：一方面我們都看到，葛浩文的翻譯「是把莫言作品推向諾獎領獎台的一個不可或缺的原因」，但另一方面卻又有不少人對他「連刪帶改」的翻譯表示「質疑」，說他「改壞了」莫言的原作。

翻譯界這種「悖論」的由來其實是跟我們的翻譯理念沒有根據翻譯的事實調整有關。長期以來我們對翻譯的理解與認識一直停留在兩種語言文字的轉換層面，由此產生的對所謂合格譯文的理解也就是「忠實」地實現了兩種語言文字的轉換。至於這種「轉換」的實際效果如何，是不考慮傳統的譯學理念，例如：譯文能不能為譯入語讀者所接受、所喜愛，能不能在譯入語環境裏產生影響等。

有鑑於此，當代譯論開始對翻譯進行重新定位，2012 年國際翻譯日主題重申翻譯是一種跨文化交際，強調翻譯的使命就是要促進不同民族、不同國家之間有效的跨文化交際。當代譯論呼喚「譯者登場」，突出譯者作為兩種不同語言文化之間的協調者的身份，揭示譯者在翻譯過程中在意識形態、國家政治、民族審美趣味等各種因素制約下對譯文的「操控」。

　　確立了現代譯論意識，把握住了翻譯的使命，那麼原先的許多「悖論」也就迎刃而解了：首先，不要把「是否盡可能百分之百地忠實地傳遞了原文的資訊」作為評判翻譯優劣的唯一標準。「忠實」只是我們評判翻譯的一個標準，但不是唯一標準。我們還應該考慮翻譯是否切實有效地促進了不同國家民族間的跨文化交際，這是評判一個翻譯行為、尤其是一個譯介行為和活動是否成功的更為重要的標準。以這個標準去看翻譯，那麼葛譯莫言是否成功，傅譯巴爾扎克、羅曼・羅蘭的翻譯風格是否有存在的權利和價值，那就都不是問題了。

　　有人會表示擔心：你這樣公開地宣稱譯者的權利，聲稱譯者可以有自己的風格，譯者可以根據譯入語語境的實際情況對譯文進行一定的「操控」，是否會導致「胡譯」、「亂譯」的產生呢？這種擔心是多慮了。其實，翻譯界的「胡譯」、「亂譯」現象早已有之，它並不需要現代譯論來賦予它「權利」，它與我們對翻譯問題和翻譯現象的學術探討並沒有直接的關係。制止、遏止以及盡可能地杜絕「胡譯」、「亂譯」的現象，首先當然是依靠譯者的自律，但更重要的恐怕還需要加強翻譯批評。加強翻譯批評，使「胡譯」、「亂譯」無地自容，沒有市場，使「胡譯」、「亂譯」的譯者聲譽掃地。與此

同時再建立相關的翻譯法律法規，這才是杜絕「胡譯」、「亂譯」現象的切實有效途徑。

這裏還有一個與翻譯有關的問題在此也不妨順便提一下。這就是優秀翻譯文學獎該如何評獎的問題。我們現在通常的做法是，今年評獎的話，那就把候選譯作設定在之前兩三年時間裏出版的譯作上。這種做法其實是不符合翻譯的規律的。譯作不像創作，可以在較短時間內即顯現出它的社會效應。譯作需要接受讀者的考驗，還需要接受時間的檢驗。優秀的翻譯家往往要需要多年時間打磨一部譯作，而譯作問世後也還需要相當的時間看它能否被讀者所接受，能否對譯入語國家的文學文化產生積極的影響。因此，優秀翻譯文學獎的評選不妨借鑒諾貝爾文學獎的評選辦法，綜合地考察候選翻譯家的譯作及其社會影響，這樣才有可能把真正優秀的翻譯文學作品評選出來。

翻譯，不止一種形式
——讀董伯韜《悠遠唐音》

　　一個很偶然的機會，我讀到了青年學者董伯韜編選、翻譯的《悠遠唐音》。一開始我還只是被它的淡雅清新的封面和版式所吸引，然後開卷啟讀後卻一卜就被它的內容所深深吸引住了。該書其實是一本非常獨特的唐詩選本，共選了 46 位唐代詩人的 105 首詩，然後配上作者自己的英譯和現代白話文翻譯，在每首詩後面還有作者的「品讀」文字。作者並沒有明確交代他選人、選詩的標準，不過通過他的「後記」我們大致可以猜出他選詩的標準大概就是那些蘊含着「遙遠與久遠的東西」的詩，那些給人以「澄明的感悟」、「對生命的湛思」的詩，那些「眼界小，然而沒有時間性、地方性，所以是世界的，永久的」詩，尤其是那些詩中的文字具有特別的「韻味」的詩。事實上，選入這本《悠遠唐音》的一百多首詩，基本上都不涉及宏大主題，而都是些篇幅短小、題材平常、但能發人幽思、引人共鳴的詩。

　　我完全無意地翻到了書中劉長卿的〈逢雪宿芙蓉山主人〉一詩。這是首我很熟悉、也非常喜歡的詩：「日暮蒼山遠，天寒白屋貧。柴門聞犬吠，風雪夜歸人。」然而當我讀到作者翻譯的這首詩的英譯文和現代白話文翻譯時，我驚呆了，同時感受到一種莫大的驚喜。這兩種譯文分別是：

英譯文：

> It's sunset and the grey mount seems far
> Cold and deserted the cottages are
> At the gate a dog is heard to bark
> With wind and snow
> I come when it's dark

白話譯文：

> 黃昏
> 蒼白的山
> 愈發淡遠
> 清貧的小屋前
> 狗吠叫着寒冷
> 今夜，我和風和雪
> 一同叩響你的門扉

　　我沒有想到在現在的年輕人中還有這樣英語修養與中國古文修養都如此出色的學者，因為我接觸到的年輕人中間，外文出身的往往中文修養不足，而中文出身的則外文訓練有所欠缺。但我看了董伯韜的經歷後也就明白了，原來他大學本科就是學的英語，還是英語系的高材生，而在博士生階段他改投復旦大學名師陳尚君教授門下，攻讀起了中國古代文學專業。正是這種跨越中西兩門學科的學術訓練，使他可以比較從容地游走於跨越中英兩種語言、跨越古今兩個不同時空的文化交際平台上。與此同時，他對翻譯一直有一種嚮往和追求，這從他策劃的一套系列叢書的命名「經典・同文館」

中即可見出，而這本《悠遠唐音》則反映了他終於難忍技癢而直接嘗試翻譯實踐的行動了。

在中西翻譯界有一句流傳甚廣的美國詩人弗羅斯特（Robert Frost）關於詩歌翻譯的名言，從某種意義上而言，這句名言甚至可以視作是對詩歌翻譯的「咒語」：「什麼是詩？詩就是在翻譯中失落的那個東西。」換言之，在弗羅斯特看來，詩是不可能被翻譯的，一經翻譯，詩就失落了，就沒了。我們之前讀到過一些唐詩宋詞的白話文翻譯恐怕在某種意義上也印證了弗羅斯特的這句名言，然而伯韜的翻譯顯然打破了弗羅斯特關於詩歌不可翻譯的「咒語」。讀了以上所引的劉長卿的「風雪夜歸人」一詩的英語譯文和現代白話文譯文我們不難發現，經過伯韜翻譯的這首唐詩依然不失為一首優美的詩。讀者通過譯文依然可以清晰地感受到原詩的意境，原詩的韻味，甚至包括原詩那種簡約、凝練的詩風。更何況類似的精彩翻譯在這本《悠遠唐音》裏可謂比比皆是。

我很欣賞伯韜所做的翻譯實踐。我相信對於大多數國人來說，翻譯恐怕就只有一種形式，也就是把外文翻成中文，或是把中文翻成外文。對於讀過幾本翻譯論著的讀者來說，他們也許還會知道俄國形式主義理論家雅科布遜（Roman Jakobson）關於翻譯的著名的「三分法」，即把翻譯分成三種類型：語際翻譯、語內翻譯和符際翻譯。語際翻譯也即我們大家都比較熟悉的兩種語言文字如中外文之間的轉換；語內翻譯指的是同一種語言之內的語言文字轉換，最常見的如用現代白話文翻譯中國的古代典籍；至於符際翻譯比較常見的有手語翻譯、旗語翻譯、燈光信號翻譯等。根據雅氏的「三分法」我們可以明白，在《唐音悠遠》一書中伯韜實際上同時進行

了語際翻譯和語內翻譯兩種不同類型的翻譯實踐，這是很不容易的事。而更加值得讚賞的是，伯韜的翻譯實踐沒有局限在簡單地追求字當句對的傳統翻譯觀念裏，他跳出了原文語言文字的羈絆，而把傳遞原文的詩意、詩境、詩味、詩風等作為自己翻譯追求的目標，捨形求神，這也就是為什麼他的翻譯能夠打破弗洛斯特關於詩歌翻譯的「咒語」、而讓唐詩經過他的翻譯（無論是語際還是語內）之後沒有失落原詩最可寶貴的詩的諸多特徵的原因。而更重要的是，這樣的翻譯有效地促進了唐詩與英語讀者的交際，促進了唐詩與當代讀者的交流。我把伯韜的英譯展示給正好在我校進行訪問學習的國外青年教師看，他們也都對之表示大為欣賞。

伯韜的翻譯實踐其背後折射出來的翻譯理念與當今國際翻譯界翻譯理念的進展正好不謀而合。當今國際譯學界提出了一個新的術語叫「創譯」（transcreation），正好可以用來指稱伯韜這種在翻譯基礎上進行的創作或貫穿着創作精神的翻譯。國際譯學界把有關翻譯的理念從原先單純的「翻譯」（translation）拓展到「創譯」（transcreation），其目標瞄準的就是為了促進跨語言、跨文化的有效交際。當前我們國家正在積極推進中國文學、文化走出去，在這種背景下，伯韜的翻譯實踐及其探索，應當可以給我們提供某種有益的啟迪吧。

也談情色文學與翻譯

　　情色文學，這是台灣文學研究界對以性愛描寫為主要內容或有較多性愛描寫的文學作品的一種稱呼。我對此其實並沒有什麼研究，只是猜想大概與大陸所說的「色情文學」意思相差不多吧。只是不管是「情色文學」還是「色情文學」，但在《悅讀》這樣的高品位的文化刊物上討論「情色文學與翻譯」的問題，說不定還是會引起一些讀者的疑惑、非議甚至反感，覺得這個題目恐怕不登大雅之堂。其實，時至今日，我們在許多報刊雜誌、書店書攤上都可以見到公然標榜《洛麗塔》（*Lolita*）全譯本、《查特萊夫人的情人》（*Lady Chatterley's Lover*）全譯本、《十日談》（*The Decameron*）全譯本、亨利・密勒（Henry Miller）作品全集、村上春樹作品全集等招徠讀者的廣告，卻並沒有發現有人對之大驚小怪。而這所謂的「全譯本」、「全集」，其背後的隱含用意恐怕也是眾所周知、不言而喻的。如果讓時光倒流 20 年或 30 年的話，這些作品幾乎都有可能被貼上「色情文學」的標籤而被查禁，至少不會被允許公開發行。然而今天這些作品不是被奉作文學經典，至少也被視作品味不俗的暢銷書而被公眾所接受了。所以在這樣的背景下，我們現在來探討一下情色文學與翻譯的關係，也許不會被視作出格，同時也應該能找到合適的氛圍。借用前兩年報紙上一篇評論《洛麗塔》全譯本的書評標題，叫做「成熟的果子適時墜落了」。更何況，本文所要討論

的實際上是一個中外翻譯史上純粹學術性的問題，只是本文不準備板着臉、而希望以一種比較輕鬆的筆調與讀者討論這個問題。

其實情色文學作為一種文學現象，是一種客觀的存在，對它的研究本無可厚非，只是長期以來的思想禁錮，才使人們對這一現象的研究產生了偏見，甚至心理恐懼。不過時至今日，無論是國外還是國內，情況都已經發生了很大的改變。在上世紀 80 年代初，購買一本《十日談》的全譯本還只是極少數高級知識分子的一種特權。但現在，任何一個讀者都可到書店任意購買，而且可供購買的類似圖書遠不止《十日談》一種。上世紀 80 年代初，有一家出版社因出版了英國作家勞倫斯（D. H. Lawrence）的著名小說《查特萊夫人的情人》的全譯本而受到有關部門極為嚴厲的處分。但今天，恐怕很少有人再會把此事當作一件嚴重的事件了。有的出版社甚至公然打出「性愛小說」的牌子，推出他們編選的外國文學翻譯作品叢書。從用詞角度看，「性愛小說」比「情色文學」顯然要赤裸得多了，但今天的讀者對它也不見得有什麼反感。而色情文學因為長期以來我們已經把它與「黃色」、「下流」等道德判斷掛上了鈎，所以名聲一直比較臭。

因為多年來一直在從事翻譯文學史和文學翻譯的教學與研究，所以我對「情色文學與翻譯」這個課題之前就已經一直隱隱有所感覺，覺得情色文學與翻譯之間存在着一種比較密切乃至微妙的關係。不過，坦率地說，在收到台灣師範大學翻譯研究所所長賴守正教授贈送給我的大譯《西洋情色文學史》（台北麥田出版社 2003 年出版）之前，我對此問題並未有過深入的思考。前年 10 月，賴教授乘他的同事周中天教授來上海開會之機，託周教授把他從法文翻

譯成中文的「世界學術譯著叢書」之一的《西洋情色文學史》贈送給我。書印刷得很精美，書中還有許多與書的內容相關的、現在已經難得一見的插圖。更何況這本書的書名本身就對人很有吸引力，只是我這個人手頭事情實在太多，再加這本書有煌煌七百多頁的篇幅，讓我望而生畏，所以一直沒有勇氣、也沒有時間啟卷捧讀。但是最近我卻把冠在全書之前的一篇近兩萬字的代譯序〈情色文學與翻譯〉一口氣看完了。我得承認，正是這篇代譯序使我第一次具體而又明確地意識到了「情色文學與翻譯」這個題目的學術意義和研究價值。同時也正是賴教授的研究，啟發我接着這個題目再往前作些探討，這也就是為什麼我把拙文的題目定為〈也談情色文學與翻譯〉的原因。

當然，這個題目之所以能在今天的翻譯研究領域取得它的研究價值，與當今國際譯學研究的最新發展趨勢也是分不開的。自上世紀 70 年代以來，國際譯學界的翻譯研究終於跳出了只關注語言轉換研究的層面，也不再糾纏於「應該怎麼譯」、「不應該怎麼譯」這些主宰了中外譯壇幾千年的老問題，而進入了一個開闊的文化層面（文化交往、文化接受、文化影響等）去審視翻譯、探討翻譯；並且認識到翻譯不只是一個簡單的語言轉換行為，而是一種受到譯入國文化語境中的意識形態（ideology）、文學觀念（poetics）、贊助人（patronage，出版商、出版資助部門等）等諸多因素制約的文化行為，文學行為，政治行為。而從這個意義上看，情色文學的翻譯比其他所有各種題材的文學作品的翻譯似乎更能體現翻譯與上述三因素之間的關係。譬如，如何界定情色文學與非情色文學（而是嚴肅文學、甚至是文學經典）就與譯入語國家特定時代的意識形

態、文學觀念等有着極其密切的關係。今天我們一致接受並認可的西方文學經典，像卜伽丘（Giovanni Boccaccio）的《十日談》，在文革以前根本不可能獲准在書店公開發售的。另據上海外國語大學上世紀50年代曾在前蘇聯留學的俄語教師對我說，當年他們在莫斯科大學留學時，發現一些前蘇聯的大學生經常偷偷地在傳閱一本什麼書，後來才知道，原來他們傳閱的正是卜伽丘的《十日談》。由此可見，在50年代的前蘇聯，《十日談》也同樣屬於禁書之列。顯然，這跟當時我們兩國相同的意識形態有關。只是令人感到奇怪的是，既然屬於禁書之列，那麼這《十日談》的俄譯本又是從何而來的呢？莫非在前蘇聯也像中國一樣，存在着一個「內部圖書」的發行圈子？同樣耐人尋味的是，現今被世界許多國家視作當代美國經典作品的納博科夫（Vladimir Nabokov）的長篇小說《洛麗塔》（Lolita），在美國一開始也同樣未能獲准出版，小說曾接連被四家出版社拒之門外。最終還是在國外——法國的一家小出版社才獲得了面世的機會。《洛麗塔》之所以會有這樣的遭遇，其實也是跟上世紀50年代美國社會的意識形態、文學觀念及贊助人的因素等有關。

　　一般而言，翻譯文學在譯入語國家的地位跟譯入語國家本身的文學狀況有很大的關係。著名以色列翻譯理論家、文化學家埃文—佐哈（Itamar Even-Zohar）曾在他創立的多元系統論（polysystem theory）裏比較全面地分析了翻譯文學在譯入語文學的多元系統裏可能佔據中心位置的三種客觀條件。第一種情形是，一種多元系統尚未定形，也即該文學的發展還處於「幼嫩」狀態，還有待確立；第二種情形是，一種文學（在一組相關的文學的大

體系中）處於「邊緣」位置，或處於「弱勢」，或兩者皆然；第三種情形是，一種文學出現了轉捩點、危機或文學真空。以中國現當代文學的發展史為例，在清末民初我們國家自己的白話小説以及嚴格意義上的現代小説尚未發展充分時，翻譯文學就會在中國的文學系統中佔據中心位置，清末民初報刊雜誌上刊載的翻譯小説要佔據當時全部發表的小説的五分之四！但從 30 年代起，當我們國家自己的現代文學發展起來以後，翻譯文學便退居邊緣位置了。然而，在 70 年代末、80 年代初，由於文革的破壞，中國自己的文學創作基本上陷於癱瘓，自身文學出現了「真空」，於是翻譯文學便再度佔據了中心位置。當年排着數百米的長龍隊伍，萬人爭購外國文學翻譯作品的盛況相信不少人至今仍記憶猶新，歷歷如在目前。

但是情色文學的翻譯又比其他文學題材作品的翻譯更為複雜，它除了一般翻譯文學所受制的三個基本要素外，它另外還受制於各譯入語民族的道德準則。正如賴守正教授所指出的：「情色文學向來被視為不登大雅之堂的淫穢作品，數世紀以來常遭查禁焚毀的命運。一些倖存的情色經典直到晚近才得以重見天日，與讀者公開見面。情色文學本身都已妾身未明，情色文學的翻譯的尷尬地位可想而知。因此，過往學者討論（文學）翻譯時，往往以經典文學作品的翻譯為焦點，論及情色文學翻譯的論文即便不是絕無僅有，亦是屈指可數。」這一點在大陸學界也完全一樣，迄今為止，似乎還沒有哪篇論文專門討論過情色文學的翻譯問題。

情色文學翻譯研究的闕如使得對情色文學翻譯問題的研究要從對一些最基本問題的辨析開始，諸如情色文學內部的區分（具有藝

術價值的色情文學與純粹以描寫淫穢內容為目的的作品）、情色文學與翻譯的關係，等等。

令人感慨的是，在賴教授看來，情色文學與翻譯在文學研究領域裏的地位和遭遇頗相彷彿：情色文學幾世紀以來一直受到執政當局、學院機制、當道學者有意無意的打擊與漠視，被當局查禁、焚毀。其作者甚至遭到囚禁、放逐，情色文學的研究者在學術界會遭受同行懷疑、異樣的目光；而翻譯在學界也同樣處於邊緣地位，翻譯者在出版界、學術界仍未受到應有的尊重，在各級學術機構的評估中，翻譯的學術價值仍相對偏低，學者無法以相關的譯著作為研究成果，更無法作為應聘、獎勵、升級的依據，等等。賴教授因此把翻譯與情色文學同稱為福科（Michel Foucault）所說的「飽受壓抑的知識」（subjugated knowledge）。

也許是「同病相憐」吧（這當然是說笑），翻譯與情色文學的關係似乎特別密切。可以說，世界各國情色文學的傳播都與翻譯密不可分。有人也許會說：「你這是廢話，哪一種文學在世界各國的傳播離得了翻譯？」不，我要說的是一種很特殊的情況：指的是在本國被查禁的情色文學作品，卻以譯作的形式在另一個國家堂而皇之地出版發行。上世紀 80 年代初，我碰到過一位從德國來上外執教的外籍教師，他手裏拿着一本嶄新的（顯然是才出版不久）中國文學作品的德譯本在看。我和其他幾位研究生問他在看什麼書，他告訴我們說是《肉蒲團》。而當時的我們對這本中國歷史上的情色文學名著根本聞所未聞，幸虧那本德譯本的封面圖案上還有幾個中文字，否則以當時我輩的孤陋寡聞，根本猜不出那書就是李漁的《肉蒲團》。

無獨有偶，1993 年俄羅斯出版的一本名為《中國色情》的所謂中國色情文學的翻譯作品集，同樣收入了李漁的這本《肉蒲團》，其中的相關研究文字還把此書的男主人公比作拜倫筆下的唐璜。其實，這本《中國色情》裏所收的有些文學作品，根本不能算是色情文學，如選自蒲松齡《聊齋志異》中的幾篇小說等。另一本長期以來在我們國家被視作禁書的情色文學名著《金瓶梅》，在前蘇聯以及今日的俄羅斯也早就翻譯出版並公開發行了。我曾看到過一本《金瓶梅》的俄譯本，版權頁上標明其首版於 1977 年，當年即再版，之後又於 1986 年和 1993 年再版。每次的印數還很大，僅 1993 年出版的就印了 50,000 冊。

　　還有一個例子是，在上世紀 90 年代曾熱鬧過一陣、爾後在國內銷聲匿跡了的女性主義小說《上海寶貝》（此書也因其比較大膽露骨的性愛描寫而備受國內學界的批評），卻在國外以好幾種語言的譯本大行其道。

　　從以上所述的例子中，我們不難發現在情色文學與翻譯之間存在着的一種有趣的張力：一邊是有關當局對情色文學的查禁、封鎖及隔離；另一邊卻是翻譯在反其道而行之，幫着情色文學傳播和擴散。賴教授說：「當情色作品深陷查禁囹圄之際，翻譯往往是那把打開重重牢門的鑰匙。受到當局層層封鎖的情色文學，透過翻譯的傳播，往往仍得以將其種子散播到海外的土壤中，使其在異地開花結果，使得此一充滿跨國際色彩的西方情色傳統得以綿延後世。」我在上世紀 90 年代日本東京的大學圖書館裏曾經看到過一套所謂的「中國風流小說」叢書，收入了《肉蒲團》、《燈草和尚》等一二十種中國的情色文學作品，這些作品遑論是我這種研究外國

文學的人，即使是國內從事中國文學研究的人，多數人對它們也是聞所未聞。從本文以上所述的例子中可以看出，通過翻譯得到傳播的顯然並不限於西方的情色文學傳統。實際上，在不少西方人的眼中，東方文化（包括中國、日本、印度）中情色文學的傳統並不亞於西方。

情色文學的翻譯與跨國傳播，一方面首先與各譯入語國的通行的道德標準以及該國當時的性開放程度有關，另一方面恐怕還跟各譯入語國家在判定情色文學時奉行的雙重標準以及讀者接受時的雙重標準有一定關係。譬如，無論是前幾年翻譯出版的拉美文學名家巴爾加斯·略薩（Mario Vargas Llosa）的長篇小說《天堂在另外那個街角》（*El Paraiso En la Otra Esquina*），還是前年翻譯發表在《世界文學》雜誌上的日本青春女作家金原瞳的《裂舌》，前者所表現的法國 19 世紀印象派繪畫大師高更交織着性的沸騰與創作衝動的藝術經歷，後者所反映的當代日本青少年用非常手段「改造身體」的行為和沒有愛情的性愛，等等，其中的性愛描寫程度其實遠遠超過我們國家的某些作品。但無論是專業批評家還是普通讀者，對外來作品一般都能予以接受，但對本國的類似作品則會持比較嚴厲的態度。也許他們是想，外國人就是這樣的，但我們中國人不能這樣。

由此可見，情色文學的翻譯確實是一個非常複雜、也非常敏感的問題。在這方面有許多問題值得探究，對它的研究還只是剛剛開始，有待我們的專家學者進一步地深入探討。

無奈的失落
——《迷失在東京》片名的誤譯與誤釋

　　在 2004 年 10 月出版的第四期《文景》上讀到一篇談論名導演科波拉（Francis Coppola）的女兒索菲亞‧科波拉（Sofia Coppola）執導的新片《迷失在東京》（*Lost In Translation*，港譯《迷失東京》）的文章《迷失在現代都市的叢林中》。文章寫得頗有才氣，文筆也很瀟灑，這姑且不論。且說首先吸引我注意並引起我濃厚興趣的卻是雜誌編輯為這篇文章所配的一幅電影海報上的影片原名 *Lost In Translation* 以及下面一段用黑體字印出的文章作者對這一片名漢譯的解釋：

> 　　因為故事發生在東京，*Lost In Translation* 漢譯便取巧為「迷失在東京」了。或許是這個 "*translation*" 不好翻譯罷，直譯成「迷失在翻譯」或「對譯」中？顯然不妥，可它就只有這一個意思，或者可以理解成：遺失在翻譯中，但這更像一個語言學的表達，而且含糊不清，究竟是意義的遺失，還是人及其靈魂的遺失呢。乾脆取首碼 "*trans-*" 的本意：超越、轉換、橫貫？好像也不甚妥帖。

　　而文章的結尾處更有一段從片名《迷失在東京》引申發揮而來的結論：

都市的叢林正在將大地覆蓋，迷失的一定不只是《迷》片中的男女主人公，也不只是他們的家人和朋友，更進一步地說，那使人迷失的地方也一定不只是在東京這一個城市，人們可能迷失在紐約，迷失在巴黎，迷失在上海，甚至迷失在印度的孟買。

看了這兩段解釋和議論，我不禁莞爾，因為這裏把 *Lost in Translation* 譯成「迷失在東京」，已經是對原文的誤譯了（當然，這個片名不是文章作者翻譯的），而作者在此基礎上生發的兩段解釋和議論就無異是對誤譯的誤釋。不過我並沒有取笑作者的意思，美國著名解構主義理論家德曼就說過：「文學語言的特性在於可能的誤讀和誤釋。」在德曼看來，如果一個文本排斥或拒絕「誤讀」，它就不可能是文學的文本，因為一個極富文學性的文本，必然允許並鼓勵「誤讀」。德曼還把「誤讀」分為好和壞、正確和不正確的「誤讀」。他認為好的「誤讀」會產生另一個文本，這個文本自身可以表明是個有意義的誤讀，或一個產生另外文本的文本。[1] 可見，發生在翻譯中的誤讀與誤釋自有其值得研究的價值。

由於專業、文化的隔閡和差異，在與翻譯相關的領域裏發生類似的誤譯、誤釋，其實並不鮮見。先舉一則同樣與誤釋電影片名有關的舊事：多年以前，俄國作家杜斯妥耶夫斯基（Fyodor Dostoyevsky）的短篇小說《白夜》（*White Nights*）被搬上銀幕在香港放映，當地一位著名翻譯家在看了電影的片名後，也發表了一

---

1. 參見郭宏安等：《二十世紀西方文論研究》（北京：中國社會科學出版社，1997），頁 424–425。

番議論：「去年香港電影協會上映意大利導演維斯康蒂（Luchino Visconti）的 *White Nights*，所有中文報紙的介紹文字都把它譯為《白夜》。原作是杜斯妥耶夫斯基的短篇小說，經過維斯康蒂的改編而拍成電影。原作我沒有讀過，但 *White Night* 這個名詞源自法文，在法文中作『失眠之夜』、『不眠之夜』解。帝俄時，上流社會中流行講法文，杜斯妥耶夫斯基當然不會例外。甚至英文 Brewer 的字典也指出作『不眠之夜』講。在這部電影中，男女主角總是在晚上談情說愛，最後的一晚則是一個雪夜，這當然又是『雙關』，可是前幾晚卻沒有下雪，怎麼能說是雪『白』的『夜』呢？」[2]

這裏，這位翻譯家顯然是運用他的英文和法文知識去對俄文中的「白夜」這一特定詞語進行解讀，並解釋得頭頭是道。然而，就像英文片名 *Lost in Translation* 譯成中文的「迷失在東京」後，會增添或失落、甚至扭曲一些資訊一樣，當這位翻譯家把俄文的「白夜」放到英文或法文的文化語境中去進行解釋時，同樣也會失落和增添、甚至扭曲一些資訊。在杜斯妥耶夫斯基（香港譯名，內地通譯陀斯妥耶夫基）的小說中，白夜指的是一種自然現象，即在俄羅斯的偏北地區（北緯 60° 以北，小說發生的地點在彼得堡，正好地處北緯 60° 左右）夏天有一段時間（通常在 6 月 10 日以後）因晚霞與朝霞相連，曙光與暮光相接，所以整夜不暗，形成所謂的「白夜」。杜氏小說中的故事就發生在彼得堡的幾個白夜，因而得名。

---

2. 林以亮《翻譯的理論與實踐》，載《翻譯研究論文集》（1949–1983），外語教學與研究出版社，1984），頁 208。

可見，所謂的「失眠之夜」或「不眠之夜」等，都是這位翻譯家的誤釋。

至於影劇片名，由於以短居多，而越是精彩的影劇片名，又越是寓意深遠，不是一語雙關，就是別有出典，那就更讓人費心尋味。尤其是有些片名、劇名，借用自《聖經》、莎劇中的警句妙語，對英語文化圈內的讀者、觀眾來說，自然是最基本不過的常識；但對我們這些「圈外人士」來說，如果不了解其文化背景，那就不知其所云，甚至會鬧笑話。香港的林以亮先生曾舉過好幾個非常生動的這方面的例子。[3] 如有一則著名的舞台劇（也有電影），英文原名為 *The Voice of the Turtle*，有人便望文生義地把它譯成「烏龜的聲音」。該譯者顯然忘了，烏龜怎麼會發出聲音呢？其實，這裏的 "turtle" 也可作 "turtledove" 解，意為「野鴿」。其典出自《聖經‧所羅門之歌》第二章第十節：

> For, lo, the winter is past, the rain is over and gone; the flowers appear on the earth; the time of the singing of the birds is come, and the voice of the turtle is heard in our land.

看了這一節文字後，估計就不會有人再把 *The Voice of the Turtle* 譯成「烏龜的聲音」了。

《天演論》作者之孫、英國著名作家小赫胥黎（A. Huxley）有一部小說，名為 *Brave New World*，其漢譯曾經是《勇敢的新世界》。

---

3. 以下三則影片片名誤譯例轉引自林以亮文，出處參見上註。

從字面看，似乎沒有什麼錯，其實錯了，問題出在此處的 brave 一詞不作「勇敢」解，宜作「好」解。它同樣有出典，即莎士比亞《暴風雨》的第五幕第一場 Miranda 的一句話：

How beauteous mankind is! O brave new world,
That has such people in't !

現在 *Brave New World* 一書的中譯名通譯為《美麗新世界》，比較確切地傳遞出了作者諷刺 20 世紀的機器文明的反諷意味。

還有一部英國電影，片名 *Hobson's Choice*，中譯名直譯為《霍勃遜的選擇》，粗一看似乎也無可挑剔。但電影講的是一個名為霍勃遜的皮鞋店老闆不願他的長女嫁給店裏的鞋匠，結果三個女兒聯合起來反抗他，使他只好答應嫁女的故事。這樣，譯成「霍勃遜的選擇」，意思與劇情正好相反，因為霍勃遜其實沒有選擇，只有無奈的接受。事實上，「霍勃遜的選擇」在英語成語辭典中也是有出典的，其含義正是「別無選擇」。這裏，我甚至猜想影片作者是故意把影片的男主人公命名為「霍勃遜」，以收一語雙關的妙用。

假如片名涉及英語中的民諺或童謠，那就更是對譯者的莫大挑戰了。如有一部電影的片名為 *Pumpkin Eater*，要不是林以亮指出它與一首童謠 *Peter Peter Pumpkin Eater* 有關，我們許多人也許真以為這部片子講的是一個「吃南瓜的人」的故事呢。而最初也確有人把該片譯成《吃南瓜的人》，但後來香港影院正式上映此片時改譯為《太太的苦悶》，算是抓住了原作者的用心，比較切題。

誤譯，其實也不只是發生在我們中國人翻譯外國作品時，外國人翻譯中國作品時，由於不熟悉中國的文化典故，同樣會發生

誤譯。也可舉一個例子，此例見諸著名漢學家亞瑟·韋利（Arthur Waley）從中文譯成英文的陶淵明的詩《責子》。原詩是：

白髮被兩鬢　　肌膚不復實
雖有五男兒　　總不好紙筆
阿舒已二八　　懶惰故無匹
阿宣行志學　　而不愛文術
雍端年十三　　不識六與七
通子垂十齡　　但覓梨與栗
天運苟如此　　且進杯中物

韋利的英譯詩為：

White hairs cover my temple,
I am wrinkled and gnarled beyond repair,
And though I have got five sons,
They all hate paper and brush.
A-shu is eighteen:
For laziness there is none like him.
A-hsuan does his best,
But really loathes the Fine Arts.
Yung and Tuan are thirteen,
But do not know "six" from "seven"
Tung-tzu in his ninth year
Is only concerned with things to eat.
If Heaven treats me like this,
What can I do but fill my cup?

把中英文兩相一對照，立即就能發現，韋利把其中兩個兒子的年齡全譯錯了：「阿舒已二八」譯成 A-shu is eighteen ——這裏譯者顯然是不了解漢語年齡的一種獨特表達方法。「二八」是指 16 歲，如「二八佳人」，而不是 28 歲，更不是 18 歲。「阿宣行志學」一句的誤譯是完全可以理解的。一個外國人，即使像亞瑟・韋利這樣有名的漢學家，也有可能不了解中國人常常用孔子《論語》中的某些說法來表達年齡，如用「而立之年」表示 30 歲，「不惑之年」表示 40 歲，「知天命之年」表示 50 歲等。而「行志學」一句出自《論語》「吾十有五，而志於學」，所以「行志學」即暗含阿宣 15 歲的意思，而不是 "does his best"。[4]

　　現在我們來看看《迷失在東京》的英文片名 Lost in Translation 是怎麼回事。與以上引述的那些電影片名、小說名一樣，這個 Lost in Translation 也是有其出典的，它出自 20 世紀美國家喻戶曉的一位民族詩人羅伯特・弗羅斯特（Robert Frost）關於詩歌翻譯的一句

---

4. 中國著名翻譯家方重先生也翻譯過此詩，作為一個中國人，更作為一個個享有盛譽的陶詩研究家，方先生的譯文不僅確切地傳達了原詩的信息，個別地方還巧妙地傳達了原詩的年齡表達方法，如用 twice eight 來翻譯「阿舒已二八」句。現錄出其中與五個孩子的年齡有關段落，供對照：
Though I have five sons,
They all dislike the paper and brush.
A-Shu is twice eight,
For laziness he has no equal.
A-Shuan is approaching fifteen,
Yet he loves not the arts.
Yung and Tuan are thirteen,
They don't even know six from seven.
Little Tung is almost nine,
He always looks for pears and nuts.

名言：「什麼是詩？詩就是在翻譯中失去的那個東西。」[5]（What is poetry? Poetry is what gets lost in translation.）弗羅斯特的這句話一經出口，就被持「詩不可譯」論者反覆引用，因此這句話在翻譯研究界、尤其是在關注「詩究竟是可譯還是不可譯」問題的學術圈裏，可謂人盡皆知。

弗羅斯特的話當然不無道理。不必把中文的譯詩與外文的原詩進行具體的對照，只要大致比較一下我們國家用現代白話翻譯的唐詩宋詞的譯文與原詩原詞，我們就能清楚地感覺到：詩，經過翻譯究竟會變得怎樣。在唐詩宋詞的現代白話譯文裏，原作的內容是保留下來了，但原作特有的詩意、美感，以及許許多多可意會不可言傳的東西，卻失落了。同一語言內部的翻譯（翻譯研究界我們稱之為語內翻譯，intralingual translation）尚且如此，那麼跨越了語言、民族、文化的語際翻譯（interlingual translation），其失落的自然會更多。

然而，弗羅斯特的話也並不意味着詩就真的不可能翻譯了。假如真是如此，那麼我們不懂外文的讀者將怎樣才能欣賞到古往今來那許許多多優秀的外國詩人、包括弗羅斯特本人的傑作呢？即使我們的讀者懂一、兩門外語，但也不可能指望他們能懂得這世界上所有的外語啊。所以，我更贊成著名翻譯家方平先生的話：「原詩就它的內涵而言，比譯詩更豐富（且不說兩種不同的文字在轉換過程中難免會走樣），譯詩當然代替不了原詩。不過譯詩不能替代原

---

5. 方平先生把這句話譯成「詩，就是經過翻譯喪失的那一部分。」

詩，並不意味着（在最廣泛的意義上），詩歌必然是不能翻譯的；或者説，文學翻譯必然意味着一種無可彌補的損失。」我更欣賞他那句充滿了一個譯者的自信的話：「好詩，通過翻譯，是可以還它一篇好詩的。」[6]事實上，我們絕大多數的讀者，都是通過譯詩才瞻仰到了雪萊、拜倫、惠特曼詩作的風采，通過譯詩才感受到了普希金、波特萊爾、歌德等詩人的魅力的。

不過這話也許有點扯遠了，我們的讀者恐怕更為關心的是，《迷失在東京》的原作者借用弗羅斯特名言的後半句 "Lost in Translation" 做片名想説明什麼？這個片名與電影本身的劇情究竟有什麼關係？還有，如果要翻譯得更加確切、更加切題些，*Lost in Translation* 應該怎麼譯？

最初看到《迷失在東京》的英文片名 *Lost in Translation*，尤其是看了該片的劇情簡介，知道該片講的是一個荷里活演員獨自一人從美國到日本去拍廣告片、在東京邂逅一位陪攝影師丈夫來日本工作的年輕女大學生的故事以後，我曾猜想，這部影片應該與翻譯有很密切的關係，也許會講一講這兩位元男女主人公因語言不通而在東京發生的一系列的趣事吧。出於對翻譯的濃厚興趣，我迫不及待地借來了《迷失在東京》的電影碟片。電影裏果然有一段與翻譯直接有關的情節，那是發生在故事的開始階段，即男主人公荷里活演員鮑勃・哈里斯（Bob Harris）初到東京開始拍廣告片時，日本導

---

6. 方平：〈譯後記〉，載方平譯：《一條未走的路——弗羅斯特詩歌欣賞》（上海：上海譯文出版社，1988）。

演在攝影機旁嘰哩呱啦地對他說了一大通話，對他該如何擺姿勢、如何表情等提出了許多具體的要求，但那個日本女翻譯卻只翻譯了簡單的一兩句話給哈里斯聽。哈里斯感到十分疑惑，問日本女翻譯：「他就講了這麼幾句？」女翻譯回答說「是」。日本導演又講了一大通話提出要求，但那個日本女翻譯仍然只翻譯了一兩句話給哈里斯聽。聯繫影片英文片名 Lost in Translation（直譯「翻譯中失去的」），那麼這組鏡頭無疑就是導演對片名最直接的註解了。然而，假如我們以為影片的情節就將在哈里斯與日本女翻譯間展開，那我們就大錯特錯了，因為接下去那個日本女翻譯幾乎完全消聲匿跡了，只是在整個影片行將結束之前，即在哈里斯即將離開日本回國之際，她才露了一下臉。但是這組鏡頭在影片中卻顯然具有非常重要的意義，它連續重複了三次，可見影片《迷失在東京》的導演對此鏡頭是賦予深意的。事實上，這組鏡頭確實是一個象徵，是對整個影片故事情節的一個隱喻。

影片的主要情節，被碟片的劇情簡介渲染得確實有點像是一個老套的荷里活風格的愛情故事：「東京寂寞的夜空下，兩個失眠的美國人在酒吧裏相遇了。或許是眼底那份不自覺外泄的孤獨令這對陌生男女悄然走到一起，他們在絕望中又若有所盼，暗自期待一次奇遇來改變一切……」然而，假如影片果真只是重複了一對寂寞男女在異國他鄉的婚外情故事的話，那麼這部影片決計不可能在第六十屆的威尼斯電影節上獲得好評，更不可能在 2003 年獲得奧斯卡最佳編劇獎。誠然，影片中確實不止一次地表現了這一對男女在各自下榻的旅店裏如何茫然枯坐、然後又百無聊賴地走上街頭、走進酒吧，在酒吧裏兩人用目光交流、傾訴各自內心的失落和期盼。

然而，我們卻不能忽視影片更加着力表現的男主人公哈里斯在與他已經離異的妻子通電話時的那種滿懷期待、而在妻子薄情地掛斷電話時的失落與無奈；我們不能忽視影片同樣非常着力表現的女主人公夏洛特在旅店裏無奈抽煙等待丈夫的歸來、而在丈夫只顧工作把她冷淡地拋在一邊離去後，她望着丈夫的背影所流露出來的悵然若失之情。毫無疑問，這一對男女走到一起來是有其內在的感情基礎的。但影片的高明之處是一次又一次地打破了觀眾的情感期待：夏洛特在酒吧喝醉了，哈里斯把她抱回旅店房間，把她妥帖地安置在床上。然後，他輕輕地掩上房門，離去了——竟沒有以往荷里活愛情故事片中常見的一夜風流！在影片即將結束時，哈里斯已經整點好行裝坐上計程車駛往機場，突然他示意司機停車，原來他在繁華的東京街頭、在熙熙攘攘的人流中發現了夏洛特。哈里斯下車追上了夏洛特，他們熱情地擁抱，哈里斯還深情地吻了夏洛特，然後，他一邊注視着夏洛特，一邊慢慢地朝自己的計程車走去——他沒有把夏洛特一起帶走另築愛巢！

影片到此結束了，影片的主題也最終表現得淋漓盡致。弗羅斯特的名言問：「什麼是詩？詩就是在翻譯中失去的那個東西。」反過來我們也可以這麼説：「『翻譯中失去的』是什麼？那就是詩。」而詩在西方文化圈裏就是真、是美的化身，是真、是美的象徵。至此我們終於可以悟出編劇為影片取名 *Lost in Translation* 的深意了，因為對西方文化圈的觀眾來說，他們一看到 *Lost in Translation* 這個片名，腦子裏自然而然地會跳出 poetry 這個詞，然後產生與「真」、與「美」的聯想。而影片中男女主人公所感到失落的、所孜孜尋覓的，不正是這生活中的真情、這生活中的美嗎？

Lost in Translation，這真是一個精彩的電影片名！然而，這樣一個與翻譯有關的寓意深遠的片名，卻給我們的中文翻譯帶來了一個莫大的難題：譯成「翻譯中失去的」，中文觀眾會不知所云，譯成「迷失在東京」，卻又給觀眾以誤導。也許可以根據影片的劇情，譯成「失落的真情」吧。從內容上看，這個譯法也許更切題些，但又太俗套、太直白，原文那種名言的高雅、用意的含蓄，蕩然無存。不過，這也正是翻譯的本質，它總是要失去點什麼的。

翻譯的風波
——從電影《翻譯風波》說起

最近兩年美國的荷里活製片人似乎對翻譯特別青睞，繼 2003 年推出情感片《迷失在東京》後，2005 年又於 4 月 22 日在全球同步推出驚悚大片《翻譯風波》（*The Interpreter*，港譯《叛譯者》）。前一部影片因翻譯偏離了原文太遠，從中譯名看不出與翻譯有什麼關係，但看了它的英文原名就一清二楚了：其英文原名是 *Lost in Translation*，而且其內容也確實借用「翻譯中所失落的」來隱喻人世間的真情失落。（詳情參見〈無奈的失落——《迷失在東京》片名的誤譯與誤釋〉）

後一部影片的片名翻譯其實也同樣有點偏離原文。其英文片名是 *Interpreter*，直譯當為「譯員」或「口譯員」，而更確切的翻譯則應該譯為「同傳譯員」，這樣就更切合片中的意義了，因為該影片中女主人公西爾維婭正是紐約聯合國會議總部的一名擔任同聲傳譯工作的譯員。順便說一下，聯合國會議需要的口譯通常都是同聲傳譯，簡稱「同傳」（simultaneous interpretation）。聯合國的會議廳通常都設有六個供同傳譯員工作的包廂，行話稱作「箱子」（booth），分別翻譯聯合國採用的英、俄、德、法、中、阿六種工作語言。每個「箱子」裏通常有三個譯員座位。譯員們從「箱子」裏可以看見會場裏的情況，但會場裏的代表就不一定都能看見「箱

子」裏的人。與同聲傳譯相對應的則是「交替傳譯」(consecutive interpretation)，簡稱「交傳」，常見於政府首腦、官員間的會談，他們說一段，譯員們譯一段，交替進行。而同傳則通常在說話者開始講話後幾秒鐘、至多十來秒以後便開始翻譯，這就要求譯員有很強的語言感悟能力，他們要在說話者還沒有說完一句話時就已經猜出說話者這句話所要表達的完整意思並立即把這句話翻譯出來。

當然，在聯合國大會或某些高規格的會議上，發言人通常事先都有發言提綱甚至講話全文提供給同傳譯員，這為同傳譯員們的工作帶來很大的便利。但有時發言者會脫離發言稿即興發揮，這種情況經常發生，所以同傳譯員並不能照本宣讀發言稿，否則他們的工作就太輕鬆了。據說上海有一位相當不錯的譯員為某位中央首長的講話做同傳時，首長已經脫離稿件在講話，且舉出了一連串反映國內經濟領域最新發展的重要數字，而她仍然在照本宣科，並沒有把原先發言稿中的陳舊數字及時替換成最新的數字，從而釀成大錯，還因此丟掉了同傳譯員這份工作。這也可算是發生在現實生活中的一場不大不小的「翻譯風波」吧。

影片《翻譯風波》講述的自然是一場大得多的「風波」，它與一項暗殺即將在聯合國大會發表演說的某位非洲國家元首的陰謀有關：同傳譯員西爾維婭無意中在「箱子」裏聽見有人在用只有很少人懂的非洲土語討論一項暗殺陰謀，但她在向聯邦調查局報告了此事後自己也很快成為兇手追殺的對象。而與此同時，聯邦調查局對她也並不信任，懷疑她說謊。影片就在這樣的重重疑慮中展開，整個故事疑雲密佈，懸念迭現，扣人心弦。除了緊張曲折、跌宕起伏的情節，以及奧斯卡兩大影星——影后妮歌潔曼（Nicole Kidman）

和影帝辛潘（Sean Penn）——連袂出演極具號召力外，影片另一個吸引觀眾的賣點是：這是聯合國有史以來第一次允許導演進入聯合國內部實景拍攝電影。據說導演薛尼・波勒（Sydney Pollack）提出進入聯合國內部拍片的申請後，聯合國秘書長安南（Kofi Annan）曾召集常駐聯合國代表開會討論此事。與會者一致同意准許波拉克進入聯合國內部拍片，僅提出一個要求：希望在拍攝電影時能把自己拍進去，而不要用替身。有人因此頗為恐怖、懸念片大師希區考克鳴不平：當年希治閣（Alfred Hitchcock）也曾攝製過一部與聯合國有關的影片《西北偏北》（*North by Northwest*），而且也很想到聯合國內部實地拍攝，但卻被拒之門外。同樣是驚悚片的大師級導演，希區考克還是薛尼・波勒的崇拜偶像，卻遭到了截然不同的對待，不由得讓人為之唏噓。

其實，影片《翻譯風波》的劇情與聯合國並無多大關係，無非是虛構了一個陰謀暗殺某個要到聯合國來發言的非洲國家元首的故事，從而勉強與聯合國扯上點關係而已。不僅如此，《翻譯風波》與（作為一個行為的）「翻譯」也沒有多大關係，它只是與一位從事翻譯的人有關罷了。影片的劇情並不是在翻譯中發生的，也不是由翻譯引發的。當然，在中文裏「翻譯」也可用來指人，我們可以說某人是「翻譯」。但是當「翻譯」與「風波」聯繫在一起時，人們通常會把此片名聯想為是翻譯（行為）引起的風波，而不可能想到這裏的「翻譯」指的是人。

不過，這部名為《翻譯風波》的電影倒讓我想起中外翻譯史上、也包括現實生活中的不少確確實實與「翻譯」有關的一些「風波」。

震撼力最大的一場「風波」也許可推美國薩姆瓦（Larry Samovar）、波特（Richard Porter）等學者合作撰寫的《跨文化傳通》（*Communication between Cultures*）中〈外國語言與翻譯〉一節提到的一段譯事了。據該書作者説，第二次世界大戰臨近結束時，在意大利和德國相繼投降之後，同盟國向日本發出了最後通牒，要日本投降，當時日本首相宣佈他的政府願意 "mokusatsu" 這份最後通牒。但是據《跨文化傳通》一書的作者認為，mokusatsu 是一個「不幸的選詞」，因為這個詞既可解釋為「考慮」（to consider），也可解釋為「注意到」（to take notice of）。然而，日本對外廣播通訊社的譯員選取了 mokusatsu 一詞的「注意到」一義。這樣，全世界都聽到了，日本只是「注意到」最後通牒的事，它拒絕投降。而實際上日本首相所講的日語意思很明顯，乃是日本政府願意「考慮」最後通牒，也就是願意投降的。《跨文化傳通》一書的作者們進而分析説，日本對外廣播通訊社在廣播日本首相的答覆時的「這一誤譯使得美國斷定，日本不願意投降，於是先後在廣島和長崎投下了原子彈。如果當時在翻譯中選用了另一個詞義，那麼，在第二次世界大戰中就很可能不會使用原子彈了。」[1]

　　假如上述説法成立，那無疑將為世界翻譯史增添極其引人注目的一頁。試想，像投擲原子彈這樣一個驚天動地的重大事件居然取決於一個單詞的誤譯，這該是多麼聳人聽聞的事啊！然而，令人遺憾的是，我在查找了《和英詞典》等工具書後，在 mokusatsu 的詞目

---

1. 參見薩姆瓦、波特，陳納、龔光明譯：《跨文化傳通》（北京：生活・讀書・新知三聯書店，1988）頁 185。

下，僅發現 to take notice of 的釋義，其日文漢字為「目察」，而沒有像上述作者所聲稱的，另外還有 to consider 的釋義。看來，不是日本譯員的誤譯使美國人投下了兩顆原子彈，而是美國作者的誤釋使得一幕悲壯的歷史劇演變成了一場不可置信的荒誕喜劇。

不過，由於譯者的誤譯而「歪打正着」，給某個文學流派憑空增添了一個「開山鼻祖」，倒是文學史上確實發生過的事。

法國詩人戈蒂耶（Théophile Gautier）在翻譯德國作家阿爾尼姆（Achim von Arnim）的小說《享有長子繼承權的先生們》的《兒子》一書時，把原文中 Ich kann unterscheiden was Ich mit dem Auge der Wahrheit sehen muss oder was Ich mir gestalt（我能夠準確地識別，哪些是我必須用眼睛觀察的真實，哪些是我自己形成的想法）一句，譯成了 Je discerne avec peine ce que je vois avec les yeux de la realite deceque voit mon imagination（我覺得難於區別我用眼睛看到的現實和用想像看到的東西）。這裏，阿爾尼姆原作的本意實際上完全被譯反了。然而，不無有趣的是，恰恰是這段錯誤的譯文吸引了超現實主義詩人布列東的注意，他引用這句完全被譯反的話，把阿爾尼姆尊崇為超現實主義的先驅。有人因此不無揶揄地評論說，假如布列東（André Breton）能查看一下阿爾尼姆的原作的話，他一定會放棄這一觀點。不過這樣一來，超現實主義的詩人們也就會失去阿爾尼姆這樣一位「元老先驅」了。

因翻譯而引發出一場軒然大波的事，在中國翻譯史上也不乏其例。清末民初外國文學作品剛開始傳入中國時，譯者蟠溪子在翻譯英國作家哈葛德（Henry Haggard）的小說《迦因小傳》（*Joan Haste*）時為了不與中國傳統的道德觀念相悖，故意把原著中女主人公與男

主人公兩情繾綣、未婚先孕等情節統統刪去。後來林紓重譯此書，補全了蟠譯刪削的情節，卻引起讀者激烈的反應。有人就此發表評論：「吾向讀《迦因小傳》，而深歎迦因之為人，清潔娟好，不染污濁，甘犧牲生命，以成人之美，實情界中之天仙也；吾今讀《迦因小傳》，而後之迦因之為人，淫賤卑鄙，不知廉恥，棄人生之義務，而自殉所歡，實情界中之蟊賊也。」一前一後，兩個譯本塑造出了兩個完全不同的文學形象，給讀者的印象更是截然相反，大相徑庭：一個原先「清潔娟好」的「情界中之天仙」，竟然一下子變成了一個「淫賤卑鄙、不知廉恥」的「情界中之蟊賊」。翻譯能引發怎樣的嚴重後果，由此可見一斑。

還可舉一個發生在現實生活中與翻譯有關的真實而又有趣的故事。這事就發生在十幾年前，說的是中國某公司向美國出口一批吉普車，事先美方有關方面對這批吉普車的性能、品質已經表示滿意，出口的條件也基本談妥，就等着公司代表團抵美後簽字了。代表團興沖沖地來到美國，不料在最後談判階段這筆生意卻流產了。流產的原因不是別的，就是因為這批吉普車品牌的英語翻譯！

原來這批吉普車的中文牌名叫「鋼星」——一個很響亮的中國名字。生產者考慮到出口需要，特地給這個牌名配上了英文翻譯。本來，「鋼星」譯成英語的話可以譯成 Steel Star，但是 Steel 這個英語單詞讀起來不夠響亮，所以譯者就把它音、意兼譯，譯成了 Gang Star ——前一詞是漢語「鋼」的音譯（中文拼音），後一詞則是漢語「星」的英語意譯。中文的「鋼」和英文的 Star[sta:]，合在一起，唸起來真是擲地有聲，鏗鏘有力，生產單位非常滿意，但問題卻由此而生。

美國人看到了車上的這個英文牌名後立刻驚訝地大呼：「Gang Star? Gang Star？哦，不行，不行！」他們把 “Gang” 這個詞唸得很響，而且是照英語的讀法，把它唸成了 [gæng]。

中國人趕緊糾正他們説：「這裏的 g-a-n-g 不唸 [gæng]，唸『鋼』。是『鋼』Star！『鋼』Star！」

但這些美國人卻不管，仍顧自 [gæng]、[gæng] 不止，最後竟至不歡而散，合同自然也沒有簽成。

中國的出口商和譯者怎麼也沒想到，中文裏的「鋼」，音譯到了英文裏正好成了一個英語單詞 Gang，而且這個詞又正好是表示「幫派」、「團夥」之類的意思。由於後一詞「星」已經譯成 Star，美國人自然而然地認為前面的 Gang 也是一個譯成英文的單詞，所以把它唸成 [gæng]。於是中文的「鋼星」，譯成英文 Gang Star，給人的聯想是「黑社會幫派之星」，「流氓團夥之星」。試想，這樣的車誰還會來買？這樣的車誰還願意來坐？這筆生意做不成自然是情理之中的事。（這裏順便提一下，這個 Gang 確實也「詞運不佳」，臭名昭著的「四人幫」，譯成英語後也與 Gang 這個詞有關，叫做 Gang of Four）

由於貨物品牌外文的翻譯不當而造成貨物出口受損，「鋼星」吉普車並不是唯一的例子，早年有一種電池出口時也碰到過類似的厄運。該電池的品牌名為「白象」，在中文裏「白象」含有「吉祥如意」的意思，所以在國內頗得顧客好感。但譯成英語 White Elephant 後，給人的聯想就完全不是這麼回事了。在英語中，「白象」給人的聯想是「中看不中用的東西」（因為白象比較尊貴，養在家裏不幹活），於是以「白象」為品牌的電池上市後的銷路也就不難想見了。

與此相反的例子是幾則洋貨的中文翻譯。日本香煙 Mild Seven 不是根據其原義意譯成「溫柔七星」或「七星牌」（在上海曾經這樣譯過），而是把它音譯成「萬事發」（粵語「萬事發」發音與英語 Mild Seven 甚相接近），從而在市場上頗得煙民的青睞；還有一種外來的 Poison 香水，聰明的經銷商也沒有據其原意譯成「毒藥」，而是根據其英語的發音，音譯成「百愛神」，於是頻頻博得了女士、小姐們的「愛」……

　　從以上幾則例子我們可以看到，「翻譯」確實很容易引發「風波」。而翻譯之所以會不斷引發「風波」，其原因首先是與翻譯本身的性質有關。作為一種跨越語言、跨越民族、跨越國界的文化交際行為，正如法國文學社會學家埃斯卡皮（Robert Escarpit）所說，「翻譯總是一種創造性叛逆」。所謂「創造性叛逆」，指的是「文本」經過譯者的翻譯、語言轉換，變成了一個新的文本。而這個新的文本、也就是譯文，與原文已經發生了程度不等的變化，或是對原有的資訊進行增添，或是扭曲，或是刪節，等等。

　　有必要強調指出的是，翻譯中的這些創造性叛逆，有的是出於譯者主觀意願，有意為之，如上述兩部電影片名的翻譯，譯者故意把 Lost in Translation 譯成「迷失在東京」，把 Interpreter 譯成「翻譯風波」，加強片名的宣傳效果，以達到招徠觀眾的目的。有的則與譯者的本意無關，甚至還可以說，從譯者主觀願望上講，譯者是想盡可能忠實地傳遞原文資訊的，但是由於譯者對原文的理解和在譯文的表達等方面的原因，其客觀效果並沒有與其主觀願望達到一致，有時甚至正好相反，如上述法國詩人戈蒂耶翻譯德國作家阿爾

尼姆的小説一例就是如此，戈蒂耶主觀上肯定沒有想過要把這一句法文譯成為超現實主義的名言。

戈蒂耶的例子還帶出了接受者與接受環境的問題，因為翻譯中發生的創造性叛逆不光是在譯者這一邊，還有接受者與接受環境那一邊。有時候，在原語環境裏明明是正面的東西，經過翻譯到了譯入語環境裏卻變成了反面的東西了；而有時候，在原語環境裏是反面的東西，經過翻譯到了譯入語環境裏也會成為正面的東西。上述「鋼星」吉普車的英譯之所以會造成一宗生意流產，就是接受者和接受環境的「創造性叛逆」，把 gang（鋼）這個中文裏很不錯的一個詞轉化為英文環境裏令人產生不佳聯想的一個詞 gang（與流氓、罪犯有關的幫派、團夥），這當然是中國的英譯者所始料未及的。

此外，譯入國的道德倫理、社會體制、意識形態等也會成為造成接受環境「創造性叛逆」的重要因素。譬如，在上世紀 80 年代前，像意大利作家薄伽丘的名作《十日談》和英國作家勞倫斯的名作《查特萊夫人的情人》有較多性愛描寫的作品的翻譯，就經常是以節譯本的形式出現的，它們的全譯本要麼只能極少量地在內部發行，要麼被禁止出版。上世紀 80 年代有一家出版社因出版了《查特萊夫人的情人》的全譯本，結果該出版社為此受到極為嚴厲的處分，這大概可以算是當代中國翻譯史上相當嚴重的一起翻譯風波了。

在當代世界人類的社會、政治、文化生活中，翻譯正發揮着越來越多、越來越重要的作用，而與此同時，翻譯也必然會引發一起又一起的風波。但是，只要我們對翻譯的性質及其創造性叛逆有所認識，那麼我們也就能冷靜、理智地看待翻譯的風波了。

譯者的隱身與現身

　　在翻譯中，譯者究竟應該是隱身還是現身？這個千百年來從來不是問題的問題，在進入 20 世紀後，尤其是在進入 20 世紀半葉以後，卻越來越成為中外譯學界一個關注的熱點問題。

　　對於傳統的翻譯家和翻譯研究者來說，既然翻譯就是傳遞原作的資訊，那麼在翻譯中譯者當然是應該隱身的，而不能、也沒有權利現身。事實上，千百年來許多譯者還都很自覺地躲在幕後，從不露面，在他們翻譯的譯作上，甚至都沒有留下自己的名字，至多也就是留下一個假名。至於與口譯員相關的歷史資料，那更是如鳳毛麟角，幾乎無跡可尋。這當然跟歷史上譯者和研究者對翻譯的定位有關，譬如 17 世紀法國著名翻譯家和翻譯思想家于埃（Pierre Huet）就明確提出翻譯要忠實於原文和原作者，要求「翻譯的語言要流暢，要能夠再創造出原文作者的崇高，而且帶給讀者的感受要相當於原文帶給原文讀者的感受。」[1] 他特別強調說：「不要在翻譯的時候施展自己的寫作技巧，也不要摻入譯者自己的東西去欺騙讀者，因為他要表現的不是他自己，而是原作者的風采。」[2] 他還認為翻譯的最好方式就是「在兩種語言所具有的表達力允許的情況下，

---

1. Robinson, Douglas. *Western Translation Theory: from Herodotus to Nietzsche*. London: Routledge, 2014, p.164.
2. Ibid, p.164.

譯者首先要不違背原作者的意思，其次要忠實於原文的遣詞造句，最後盡可能地忠實展現原作者的風采和個性，一分不增，一分不減。」[3]

　　于埃的翻譯觀可以說代表了中西翻譯史上的主流翻譯觀。從這個角度看，英國著名翻譯理論家泰特勒（Alexander Tytler）在 1790 年發表《論翻譯的原則》（*Essay on the Principles of Translation*）一書，並明確提出了在中西翻譯史上影響深遠的翻譯「三原則」，即「第一，譯本應該完全轉寫出原文作品的思想；第二，譯文寫作風格和方式應該與原文的風格和方式屬於同一性質；第三，譯本應該具有原文所具有的所有流暢和自然」[4]，也就並不奇怪了，因為這正是對西方翻譯史上歷代主流翻譯思想的一個水到渠成的總結。不言而喻，站在泰特勒的立場上看，譯者在翻譯時也是沒有權利現身的，因為在泰特勒看來，譯者要做的無非就是傳達原文的思想，傳遞原文的寫作風格和方式，再現原文的流暢和自然，僅此而已。

　　國內譯學界曾有人把泰特勒的翻譯「三原則」與嚴復的「信達雅」說聯繫起來，還猜想嚴復的「信達雅」說是否受到過泰特勒「三原則」的影響，因為嚴復有留學英國的經歷。不過此事迄今為止還僅僅是猜想而已，並無確鑿的事實證據。但由此我們也可發現中西翻譯思想的相通，並可以看到在譯者的隱身和現身一事上，中西翻譯家和思想家的觀點顯然是異曲而同工的。

---

3. Ibid, p.169.
4. Robinson, Douglas. *Western Translation Theory: From Herodotus to Nietzsche*, p. 210.

其實，即使在嚴復提出「信達雅」說以後的半個多世紀裏，國內翻譯界的主流翻譯觀也並無實質性變化。繼嚴復的「信達雅」說之後，影響較大的有傅雷的「神似」說，認為「以效果而論，翻譯應當像臨畫一樣，所求的不在形似而在神似。」於是在傅雷的心目中，「理想的譯文彷彿是原作者的中文寫作」。[5]

　　這個「理想的譯文彷彿是原作者的中文寫作」的觀點在錢鍾書的筆下又有了進一步具體的發揮和闡述。錢鍾書著名的「化境」說，究其根本，其所秉持的觀點顯然是與嚴復、傅雷以來的觀點一脈相承的，因此之故我在《中西翻譯簡史》一書裏把錢鍾書作為中國傳統譯論的最後一位代表人物。[6]錢先生說：「文學翻譯的最高標準是『化』。把作品從一國文字轉變成另一國文字，既能不因語文習慣的差異而露出生硬的痕跡，又能完全保存原有的風味，那就算得入於『化境』。17 世紀有人讚美這種造詣的翻譯，比為原作的『投胎轉世』（the transmigration of souls），軀殼換了一個，而精神姿致依然故我。換句話說，譯本對原作應該忠實得以至於讀起來不像譯本，因為作品在原文裏決不會讀起來像經過翻譯似的。」這段話與傅雷的話何其相似。因此也不難得出結論，即在錢鍾書看來，譯者在翻譯時自然也是應該「隱身」而無權「現身」的。

　　只是同樣耐人玩味的是，就在提出「化境」說的這同一篇《林紓的翻譯》一文裏，錢鍾書在指出林紓作為譯者在翻譯時不止一處

─────────
5. 傅雷：〈《高老頭》重譯本序〉，載羅新璋、陳應年編：《翻譯論集》（修訂本）（北京：商務印書館，2009），頁 623–624。
6. 參見謝天振等：《中西翻譯簡史》（北京：外語教學與研究出版社，2009）。

地「現身」的實例後，諸如「捐助自己的『諧謔』，為迭更司的幽默加油加醬」，「又或則引申幾句議論，使含意更能顯豁」，「憑空穿插進去，添個波折，使場面平衡」，「這裏補充一下，那裏潤飾一下，因而語言更具體、情景更活潑，整個描述筆酣墨飽」，卻又不由自主地流露了對林譯的欣賞甚至推崇：他在找到「後出的──無疑也是比較『忠實』的──譯本來讀」的時候，「覺得寧可讀原文」；但是在對照了林紓的譯文和哈葛德的原文後，卻「發現自己寧可讀林紓的譯文，不樂意讀哈葛德的原文。理由很簡單：林紓的中文文筆比哈葛德的英文文筆高明得多。」他把林譯中的這種類似譯者現身的現象稱之為「訛」，並認為「恰恰是這部分的『訛』起了一些抗腐作用，林譯多少因此而免於全被淘汰。」[7] 這裏大學者錢鍾書似乎不知不覺地也陷入了一個有點自相矛盾的境地，從他對翻譯認識的基本立場出發，他顯然是不能認同譯者的現身的，在文中他一再聲稱：「作為翻譯，這種增補是不足為訓的」，「正確認識翻譯的性質，嚴肅執行翻譯的任務，能寫作的翻譯者就會有克己的工夫，抑止不適當的寫作衝動」。[8] 但與此同時，他又「發現自己寧可讀林紓的譯文，不樂意讀哈葛德的原文」，並清醒地看到正是林譯中的「訛」使得林譯「免於全被淘汰」。

錢鍾書面對譯者的隱身與現身所不由自主流露出來的這種矛盾心態，從某種意義上而言，也正好折射出翻譯史上在傳統譯論向現代譯論視角轉變時期的典型心態：一方面是兩千餘年來的「原文

7. 引文均見錢鍾書：〈林紓的翻譯〉，載羅新璋、陳應年編：《翻譯論集》（修訂本），頁 774–805。
8. 同上註，頁 782–783。

至上」、「翻譯必須忠實原文」等傳統譯學觀念已經深深地紮根於每個翻譯家和翻譯研究者的腦海之中；但另一方面，翻譯的事實又提示當代翻譯研究者傳統譯論在對翻譯的理解和認識上顯然存在着某些偏頗之處。當代英國翻譯理論家蒙娜・貝克（Mona Baker）在其所著的《翻譯與衝突——敘事性闡釋》（*Translation and Conflict: A Narrative Account*）一書的中譯本序言中寫道：「傳統的口筆譯研究，對於同時代的政治和倫理道德問題，一向採取回避態度，因為這些問題必然會使該領域從事翻譯實踐和理論的研究人員注意到譯者面臨的道德困境和責任。之前，人們堅持一種天真的理念，以為翻譯，尤其是口譯，是完全中立而純粹的語碼轉換，不存在譯者個人思想的介入。相信譯者對現實的敘述能夠『完好無損』地傳遞語言及其它符號資訊。學者們因此在『模糊了真相的』理論模式和個案研究中投入大量時間和精力，認為這樣就能逐步化解口筆譯過程中產生的各種麻煩，甚至能撫平其造成的心理創傷。直到近些年，這種認識才有所改變。」[9] 我很欣賞這段話裏貝克所説的「天真的理念」、「『模糊了真相的』理論模式和個案研究」這種表述，我以為這兩個表述言簡意賅，直指傳統譯學理念的要害，直擊千百年來直至今天的許多翻譯家、翻譯研究者的一個認識誤區：把社會對翻譯的期望、譯者的責任以及翻譯家為自己設定的追求目標與翻譯的客觀事實、尤其是與翻譯的本質目標混為一談，從而模糊了翻譯的真相，也即翻譯的本質。而譯者（實際上也包括了譯者的翻譯行為）

---

9. 貝克，趙文靜譯：《翻譯與衝突——敘事性闡釋》（北京：北京大學出版社，2011），頁 19。

的隱身與現身，也就成為傳統譯論向現代譯論視角轉變的一個標誌性切入點，甚至分界線。

莫言作品「外譯」成功的啟示

　　誰都知道，莫言獲得國際文學界的大獎——諾貝爾文學獎與翻譯有着非常密切的關係，其背後有個翻譯的問題，然而卻不是誰（包括國內的翻譯界）都清楚，具體是些什麼樣的問題。日前讀到一位老翻譯家在莫言獲獎後所說的一番話即是一例，他對着記者大談「百分之百的忠實才是翻譯主流」、要「逐字逐句」地翻譯等似是而非的話，卻不知莫言作品的外譯事實正好與他所談的「忠實」說相去甚遠：英譯者葛浩文在翻譯時恰恰不是「逐字、逐句、逐段」地翻譯，而是「連譯帶改」地翻譯的。他在翻譯莫言的小說《天堂蒜苔之歌》時甚至把原作的結尾改成了相反的結局。然而事實表明，葛浩文的翻譯是成功的，特別是在推介莫言的作品並讓它們在譯入語國家切實地受到讀者的歡迎和喜愛方面。德國漢學家顧彬（Wolfgang Kubin）指出，德譯者甚至不根據莫言的中文原作、而是選擇根據其作品的英譯本進行翻譯，這說明英譯本迎合了西方讀者的語言習慣和審美趣味。

　　嚴格而言，對莫言獲獎背後的翻譯問題的討論已經超出了傳統翻譯研究中僅僅關注「逐字譯還是逐意譯」那種狹隘的語言文字轉換層面上的討論，而是進入到了譯介學的層面，即不僅要關注如何翻譯的問題，還要關注譯作的傳播與接受等問題。其實，經過了中外翻譯界一二千年的討論，前一個問題基本上已經解決，「翻譯

應該忠實原作」已是譯界的基本常識，毋須贅言；至於應該「逐字譯」、「逐意譯」還是兩相結合等等，具有獨特追求的翻譯家自有其主張，也不必強求一律。倒是對後一個問題，即譯作的傳播與接受等問題，長期以來遭到我們的忽視甚至無視，我們需要認真對待。由於長期以來我們國家對外來的先進文化和優秀文學作品一直有一種強烈的需求，所以我們的翻譯家只需關心如何把原作翻譯好，而甚少、甚至根本無需關心譯作在中國的傳播與接受問題。然而今天我們面對的卻是一個新的問題：中國文學與文化的外譯問題。更有甚者，在國外、尤其在西方尚未形成像我們國家這樣一個對外來文化、文學有強烈需求的接受環境，這就要求我們必須考慮如何在國外、尤其是在西方國家培育中國文學和文化的受眾和接受環境的問題。

歸納起來，莫言獲獎背後的翻譯問題主要有如下幾個：

首先是「誰來譯」的問題。莫言作品的外譯者，除了美國的「中國現當代文學的首席翻譯家」葛浩文外，還有法譯者杜特萊（Noël Dutrait）和尚德蘭（Chantal Chen-Andro）夫婦，瑞典語譯者陳安娜等。這都是些外國譯者，他們為莫言作品在國外的有效傳播與接受發揮了至關重要的作用。正如諾獎評委馬悅然（Göran Malmqvist）所指出的，他們「通曉自己的母語，知道怎麼更好地表達。現在（中國國內的）出版社用的是一些學外語的中國人來翻譯中國文學作品，這個糟糕極了。翻得不好，就把小說給『謀殺』了。」馬悅然的說法也許不無偏激之處，因為單就外語水準而言，國內並不缺乏與這些外國翻譯家水準相當的翻譯家。但是在對譯入語國家讀者細微的用語習慣、獨特的文字偏好、微妙的審美品味等

方面的把握方面，我們還是得承認，國外翻譯家顯示出了我們國內翻譯家較難企及的優勢。這是我們在向世界推介中國文學和文化時必須面對並認真考慮的問題。

其次是作者對譯者的態度問題。莫言在對待他的作品的外譯者方面表現得特別寬容和大度，給予了充分的理解和尊重。他不僅沒有把他們當作自己的「奴隸」，而且對他們明確放手：「外文我不懂，我把書交給你翻譯，這就是你的書了，你做主吧，想怎麼弄就怎麼弄。」正是由於莫言對待譯者的這種寬容大度，所以他的譯者才得以放開手腳，大膽地「連譯帶改」，從而讓莫言的外譯本跨越了「中西方文化心理與敘述模式差異」的「隱形門檻」，並成功地進入了西方的主流閱讀語境。有人曾對莫言作品外譯的這種「連譯帶改」譯法頗有微詞，質疑「那還是莫言的作品麼？」對此我想提一下林紓的翻譯，對於林譯作品是不是外國文學作品恐怕不會有人表示懷疑吧？這裏其實牽涉到一個民族接受外來文化、文學的規律問題：它需要一個接受過程。我們不要忘了，中國讀者從讀林紓的《塊肉餘生述》到今天的《大衛‧科波菲》乃至《狄更斯全集》，花了一百多年的時間。然而西方國家的讀者對於東方、包括中國文學和文化的真正興趣卻是最近幾十年才剛剛開始的，因此我們不能指望他們一下子就會對全譯本、以及作家的全集感興趣。但是隨着莫言獲得諾獎，我相信在西方國家也很快會有出版社推出莫言作品的全譯本，甚至莫言作品的全集。

再次是譯本由誰出版的問題。莫言作品的外譯本都是由國外的著名出版社出版的，譬如他的法譯本的出版社瑟伊（Seuil）出版社就是法國最重要的出版社之一，這使得莫言的外譯作品能很快進入

西方的主流發行管道，也使其作品在西方得到有效的傳播。反之，如果莫言的譯作全是由國內出版社出版的，恐怕就很難取得目前的成功。近年來國內出版社已經注意到這一問題，並開始積極開展與國外出版社的合作，很值得肯定。

最後，作品本身的可譯性也是一個需要注意的問題。這裏的可譯性不是指作品翻譯時的難易程度，而是指作品翻譯成外文後比較容易保留原作的風格，原作的「滋味」，容易被譯入語讀者所理解和接受。譬如有的作品以獨特的語言風格見長，其「土得掉渣」的語言讓中國讀者印象深刻並頗為欣賞，但經過翻譯後它的「土味」蕩然無存，也就不易獲得在中文語境中同樣的接受效果。有人對賈平凹的作品很少被翻譯到西方去、甚至幾乎不被關注感到困惑不解，認為賈平凹的作品也很優秀啊，似乎並不比莫言的差，為什麼他的作品沒能獲得像莫言作品一樣的成功呢？這其中當然有多種原因，但作品本身的可譯性恐怕也是其中的一個原因。莫言作品翻譯成外文後，「既接近西方社會文學標準，又符合西方世界對中國文學的期待」，這就讓西方讀者較易接受。類似的情況在中國文學史上也早有先例，譬如白居易、寒山的詩外譯的就很多，傳播也廣。相比較而言，李商隱的詩的外譯和傳播就要少，原因就在於前兩者的詩淺顯、直白，易於譯介。〈寒山詩〉更由於其內容中的「禪意」在正好盛行學禪之風的五六十年代的日本和美國得到廣泛傳播，其地位甚至超過了孟浩然。

綜上所述，文學作品的跨國、跨民族的譯介與傳播是個非常複雜的問題，尤其是涉及中國文學的對外譯介，更受制於多種因素。國內有些人往往只是從外譯中的角度來看待中譯外的問題，這就把

問題簡單化了，背離了譯介學的規律。莫言作品外譯的成功正是在這方面給予我們以有益的啟示。

支持葛浩文「我行我素」

　　自從莫言獲得諾貝爾文學獎以來，作家本人成為文化界和媒體關注的焦點自不待言，連帶他的作品的外文譯者同樣成為了學界和媒體關注的熱點。譯者當中首當其衝的是莫言作品的英譯者葛浩文，這當然不難理解：英譯本傳播面廣，讀者多，不光有英語世界的讀者，還有一大批國內懂英語的讀者。受到關注本來是好事，但與此同時還出現了一些所謂的翻譯研究者，他們拿着莫言的原作與葛浩文的英譯本逐字逐句的對照，得出的結論是他「把別人的作品刪改壞了」！更有甚者，去年本市某報在報道葛浩文一場報告時所用的通欄大標題竟然是「『連譯帶改』風格遭質疑　莫言作品英譯者選擇『妥協』」，文中還明確提到「所以在翻譯莫言的作品《蛙》時，他（指葛浩文）選擇了乖乖地忠實原著」。一方面我們都看到，葛浩文的翻譯「是把莫言作品推向諾獎領獎台的一個不可或缺的原因」，但另一方面卻又對他的翻譯表示「質疑」，說他「改壞了」莫言的原作，現在「選擇了乖乖地忠實原著」，似乎此前他的翻譯都是「不忠實」的。不難發現，圍繞葛譯莫言作品的這些自相矛盾的立場、心態和觀點，不光引發國內翻譯界對葛譯莫言作品認識的混亂，同時也給譯者葛浩文增加了相當大的壓力。他在一篇文章中就坦承：「這讓我在工作時如履薄冰」。

在這樣的背景下，我讀到葛浩文的文章〈我行我素：葛浩文與浩文葛〉（已發表在 2014 年第一期《中國比較文學》上，以下簡稱〈我行我素〉）就感到特別欣慰。2013 年 11 月 24 日我在收到葛浩文的文章之後立即給他發去電郵說：「大作收到，匆匆拜讀，覺得非常精彩。尤其是文中傳遞出的您的翻譯立場『我行我素』，讓我十分欣慰。此前聽到您在會上說，因為莫言得獎後您的翻譯引起眾多人的研究和注意，您今後的翻譯會更小心些，更注意貼近原文一些。我聽後很擔心您會被目前某些所謂的翻譯研究者的意見牽着鼻子走。現在看了您的文章標題後讓我放心不少。我覺得您就應該繼續按照您原先的翻譯道路走，不要理睬某些翻譯研究者的意見。」

葛浩文也於翌日立即發來電郵回覆，說：「謝謝你的讚揚，謝謝你的關注，謝謝你的關心。記不得那些話是在怎樣的情況下講的，不過，我即使想改變翻譯的態度、做法等也改不了。其實，我也不想改。歡迎大家來批評。」

葛浩文的〈我行我素〉是一篇很有趣的文章，他虛擬了一個浩文葛對葛浩文進行訪談，形成一篇自問自答的文章，實質上是葛浩文針對外界對他翻譯的質疑以及他自己關於翻譯的一些思考的自我闡述。在文中他表示現在「很不樂意接受採訪」，原因是「採訪者和他們的文字編輯，太容易斷章取義，在某一個場合針對某一件事或某個作品說的話，常常被亂引用」。但同時他也表示：「我仍然比較樂意看到宏觀式的剖析，希望他們能從更寬的視角評論我的譯作，從一整部作品的忠實度（fidelity）上來判定作品的成功度（degree of success），如，語調、語域、清晰度、魅力、優美的表達，等等。要是因為一個文化的或歷史的所指沒有加上注腳（可悲

但又是真的批評），或者，因為一個晦澀的暗指解釋不當，據此批評譯文不夠好，這種批評是沒有益處的。」我以為這個意見是擊中國內某些翻譯研究的要害的。我們的一些研究者對某部譯作進行研究時，就不是從譯作整體的忠實度和成功度出發，而是眼睛只盯着譯文中的片言隻語，發現某些句子或段落未能字當句對時，就覺得這部譯作「不忠實」，甚至斷言其「不合格」。我們多年來在評選魯迅文學獎優秀翻譯文學獎時的弊病，現在在對葛譯莫言作品進行研究時又一次暴露出來了，其根子在於我們國內的某些研究者不懂得文學翻譯的性質與特點，不懂得對文學翻譯成功與否的判定必須到譯入語環境中去考察，而不是僅僅根據譯文與原文是否字當句對來決定。

在文中葛浩文還明確表明了他的翻譯態度：「對待翻譯我有一個基本的態度，有一個目標。我懷着虔誠、敬畏、興奮，但又有點不安的心態接近文本。翻譯完成以後，文本就彷彿是新認識的一個朋友。作為一個譯者，我首先是讀者。如同所有其他讀者，我一邊閱讀，一邊闡釋（翻譯？）。我總要問自己：是不是給譯文讀者機會，讓他們能如同原文讀者那樣欣賞作品？有沒有讓作者以簡顯易懂的方式與他的新讀者交流，而且讓新讀者感受到對等程度的愉悅或敬畏或憤怒，等等？」由此不難發現，葛浩文採取的翻譯策略是讓譯文讀者「不動」，而盡可能地讓原作者和原作「走近」讀者，讓讀者可以比較輕鬆容易地接受譯作，從而讓讀者對原作者和原作產生興趣。這在讀者普遍對翻譯作品、特別是對中國文學作品還不是很熟悉、甚至還不是很感興趣的美國（此前曾有過一個資料表明翻譯作品僅佔全美出版物總數的百分之三）應該是一個比較有效的

翻譯策略。想一想我們國家嚴復、林紓那個時代吧，那時的中國讀者剛剛開始接觸外國文學，讀慣了唐宋傳奇小說和明清章回體小說的中國讀者同樣也不習慣讀翻譯作品。嚴復、林紓、伍光建等中國早期翻譯家的翻譯策略同樣是「連刪帶改」：風景描寫、心理描寫統統被刪去，人物姓名、地名等統統被「翻譯」成了地道的中國人名和地名，甚至整部小說都被「翻譯」成了章回體小說。然而我們的讀者正是讀着這樣「連刪帶改」的林譯小說慢慢地喜愛上了外國文學，同時也慢慢地不再滿足於讀刪節本的翻譯小說，而開始追求讀全譯本，甚至讀作家的全集。只是必須指出的是，我們從讀林譯小說到今天追求讀全譯本花了一百多年的時間，而今天英語國家的中國文學翻譯作品的讀者其接受水準也就與我們國家當年林譯小說讀者的接受水準相仿，這也就是我此前一再指出的存在於中西文化交流中的「時間差」。有鑑於此，我們應該對他們的閱讀習慣和審美趣味，以及譯者所採取的相應的翻譯策略，表示理解。

最後，有必要再次強調指出的是，翻譯的本質是一種跨文化的交際行為，判斷一個翻譯行為成功與否要看它是否有效地促進和實現了不同民族之間的跨文化交際，而不是用所謂的「忠實」（原文與否）、更不是用自以為是的所謂的「合格的譯本」概念去套。只有從這樣的立場出發，我們才有可能正確理解翻譯的性質，也才有可能對譯者和他的翻譯行為是否合理和成功作出正確的判斷。

文學獎如何真正成為一種導向？
——對文學翻譯空缺第五屆魯獎的
一點思考

　　隨着第五屆魯迅文學獎於 2010 年 11 月 9 日在魯迅先生的故鄉紹興正式頒獎，圍繞着這屆評獎結果展開的熱議和質疑已漸趨平息，這時我們再來對文學翻譯空缺這屆魯獎發表一點意見，那就不是對新聞熱點的追捧和炒作，而是希望能對魯獎這一中國文學領域（包括文學翻譯領域）最高級別的評獎進行一點理智、冷靜的思考。

　　對於文學翻譯空缺這屆魯獎，有關評委的解釋是，儘管「中國的外國文學翻譯在近一二十年間的發展，其成就超過了以往任何時代。然而在表面的熱鬧之下，能感動讀者、令人信服的文學佳譯卻似乎不多，粗製濫譯的反倒並不少見，很多譯本經不住顯微鏡觀察，甚至硬傷累累。在這樣的背景下，第五屆魯迅文學獎文學翻譯獎空缺，實際上是這一種必然。」

　　對此解釋我頗不以為然。我當然也贊成在評選魯獎優秀翻譯文學獎時要考慮譯作的翻譯品質，對那些翻譯品質「硬傷累累」的譯作不能入選魯獎，我也認為是完全應該的。然而現在的問題是，除了譯作的翻譯品質，我們的評委們是否還考慮過其他因素？第五屆魯獎曾有五部譯作取得了備選資格，但最終還是無一獲獎，有關負責人解釋說其原因是這「五部備選作品都沒有達到獲獎標準」。魯

獎優秀翻譯文學獎的獲獎標準具體包括哪些內容，我們不得而知，但從有關評委屢屢提及的關於備選作品「翻譯疏漏層出不窮」、「翻譯表達不貼切、不準確」等意見來看，我們不難想見，評委們關注的主要也就是譯作的翻譯品質、最多還有編輯品質罷了。

然而，在評選代表一個國家最高級別的優秀翻譯文學獎時把眼光僅僅、或主要集中在譯作的翻譯質量及編輯質量上——具體而言也即其語言文字轉換是否貼切、是否準確等，是不是就夠了呢？假設有一部譯作，它的翻譯品質達到了評委們的要求，表達貼切、準確，也沒有累累「硬傷」，這樣的譯作是否就可以獲得魯獎優秀翻譯文學獎了呢？若是，那麼這樣的評獎無疑是把一項崇高的國家級別的優秀翻譯文學評獎降格成了一樁普通的文學翻譯競賽的評獎了——文學翻譯競賽的評獎才是把翻譯的品質放在首位而不顧及其他因素的。

而魯獎評選的是優秀翻譯文學。何謂優秀翻譯文學？眾所周知，文學翻譯承擔的一個重要任務就是向譯入語國家的讀者譯介在古今世界文學史上佔有重要地位的、優秀的外國文學作家及其作品。因此，評判一部譯作是否稱得上是優秀的翻譯文學作品，首先我們應該看它所譯介的原作是否屬於優秀的文學作品之列。否則，如果原作是一部在世界上屬於二三流的作品，甚至是文學垃圾，那麼這部譯作的品質再高，它也沒有資格入選像魯迅文學獎這樣的國家級別的獎項。

其次，評判一部譯作是否屬於優秀的翻譯文學作品之列，還應該看它是否對譯入語國家的文學、文化作出了貢獻。譬如上世紀 80 年代以來譯介入中國的拉美魔幻現實主義、結構現實主義等

作品，對刷新中國讀者對世界文學的認識、對啟迪中國作家的創作理念等，就作出了重要的貢獻。我們的作家在讀了馬奎斯（Gabriel Márquez）的《百年孤寂》（*One Hundred Years of Solitude*）等作品後發出感歎：「原來小說還可以這樣寫！」我以為像這樣的譯作就應該稱作優秀的翻譯文學作品。而假如一部譯作儘管翻譯品質也還不錯，出版後也廣受讀者歡迎，發行量還很大，那至多也就是一部暢銷書而已，而絕對不夠優秀翻譯文學的資格。

最後，優秀的翻譯文學作品當然還應有較高的翻譯品質。但這裏的品質不應該只是指譯文在對原作的語言文字轉換層面上毫無瑕疵，而還應該指譯作能不能給譯文讀者以原作讀者同樣的美的享受，同樣的心靈感動，同樣的思想啟迪，或如草嬰先生所言，讓讀者在讀譯作時能「如聞其聲，如見其人，如歷其境」。換言之，作為一部文學作品，譯作應該像原作一樣，營造起一個優美、生動、豐富、充滿魅力的文學世界，這樣的譯作才稱得上是優秀的翻譯文學。

優秀的翻譯文學作品當然不應該有「累累硬傷」，但我也反對把譯作放在「顯微鏡」下觀察。這種做法不是在評優秀翻譯文學獎，而是外語教師在批改學生的翻譯作業。對於偌大一部譯作來說，正如錢鍾書先生所言，「譯文總有失真和走樣的地方，在意義或口吻上違背或不盡貼合原文」。因此，譯作中存在的一些翻譯瑕疵不應成為其能否獲獎的主要考慮因素。

第五屆魯獎文學翻譯獎的空缺還造成了一個假象，似乎目前我們國家已經沒有了優秀的翻譯文學家，已經沒有了優秀的翻譯文學作品。這對目前仍然健在的優秀翻譯文學家來說顯然是不公正的，

同時也不符合目前我們國家文學翻譯的現狀。我當然承認目前市場上粗製濫譯的翻譯作品是不少，它們敗壞了我們國家文學翻譯的聲譽，但是它們不是中國目前文學翻譯的代表，代表中國目前文學翻譯水準和成就的，應該是草嬰、楊絳、李文俊、楊武能、趙德明等一批真正優秀的翻譯文學家。

我們的評委一方面對着翻譯品質「硬傷累累」的備選譯作慨歎「目前能感動讀者、令人信服的文學佳譯卻似乎不多」，但在另一方面卻對眾所公認的翻譯大家及其優秀譯作視而不見；一方面強調「文學翻譯應是一門精緻的藝術」，應「給予足夠翻譯時間，慢工出細活兒」（評委主任藍仁哲教授語），但另一方面卻又急功近利地把目光囿於最近三年出版的翻譯作品。正是由於這種過於功利的評獎標準和方法，凝聚着著名翻譯家草嬰先生畢生精力和心血的的煌煌12卷的《托爾斯泰小説集》、李文俊先生自上世紀80年代以來精心翻譯的福克納（William Faulkner）作品等，也就無緣魯獎優秀翻譯文學獎了。這對魯迅文學獎實在是一個諷刺，同時也是魯獎優秀翻譯文學獎迄今在廣大讀者心目中缺乏權威性的原因所在。

作為我們國家最高級別的優秀翻譯文學獎——魯迅文學獎，本來它理應擔當起一個正確的導向作用，也即通過評獎展示中國現階段真正優秀的翻譯文學作品，通過評獎引導中國廣大翻譯工作者向草嬰先生等這樣一批終生不渝、獻身崇高的文學翻譯事業的傑出翻譯家學習。但是由於目前這種過於功利的評獎標準和方法，一批優秀的翻譯文學家及其譯作被排斥在評獎的範圍之外。

由此可見，文學翻譯之所以空缺本屆魯獎，與其說是因為中國目前文學翻譯界缺乏優秀的翻譯作品，不如說目前的魯獎優秀翻譯

文學獎的評獎理念、機制、方法、標準等方面存在着一些問題。也許現在是到了對魯獎優秀翻譯文學獎的評獎理念、機制、方法、標準進行適當調整的時候了？

中國文化如何「走出去」？

　　「中國文化如何『走出去』？」或者説得具體些：中國文化如何才能走出國門，為世界其他民族所了解，所接受，並在其他民族文化中產生應有的影響和作用？

　　對這個問題我們國家歷來非常重視，有關部門對此也做了不少工作，甚至還有大量的資金投入。然而坦率地説，與我們的投入相比，我們在這方面所取得的實際效果恐怕遠沒有達到我們預期的效果。有一個例子也許多少能説明這個問題：前幾年作家劉心武訪問法國，他發覺接待他的法國人中間幾乎沒有人知道魯迅。按理説，從上世紀 50 年代起，我們翻譯出版了不少魯迅的著作到國外，有英文的，法文的，還有其他語種的，接待劉心武的法國人也應該都是些文化人吧？但他們卻不知道魯迅。

　　還有一個例子：楊憲益、戴乃迭夫婦翻譯的《紅樓夢》一直是被國內翻譯界推崇備至的中譯英的經典譯作。事實上，它的翻譯品質也確屬上乘。但它在國外的影響如何呢？我指導的一位博士生對一百七十多年來十幾個《紅樓夢》英譯本進行了相當深入的研究，並到美國大學圖書館進行實地考察，收集資料，發現與英國漢學家霍克思（David Hawkes）、閔福德（John Minford）翻譯的《紅樓夢》相比，楊譯本無論是在讀者的借閱數、研究者對譯本的引用率、發行量、再版數、等等，與霍譯本相比都有較大差距。

對這兩個例子我並不感到意外。因為我發現在此之前，我們在「中國文化如何走出去」的問題上一直存在着一個認識上的誤區，總以為只要把中國文化典籍或中國文學作品翻譯成外文，中國文化和文學就可以自然而然地「走出去」了。這顯然是把這個問題簡單化了，而沒有考慮到譯成外文後的作品如何才能在國外傳播、被國外的讀者接受的問題。一千多年來中外文學、文化的譯介史早就表明，中國文學和文化之所以能被周邊國家和民族所接受並產生很大的影響，並不是靠我們的翻譯家把中國文學和文化翻譯成他們的文字，然後輸送到他們的國家去，而主要是靠當地對中國文學和文化感興趣的專家、學者、翻譯家，或是來中國取經，或是依靠他們在本國獲取的相關資料進行翻譯，在自己的國家出版及發行，然後在他們各自的國家產生影響。譬如古代日本就翻譯和出版了大量中國古代的文學和文化典籍，然後對古代日本的社會和文化產生了很大的影響。否則，我們即使出版了一本甚至一批翻譯品質不錯的中譯外的譯作，但是如果這些譯作未能為國外廣大讀者所閱讀、所接受、所喜愛的話，那麼中國文化顯然是難以憑譯作走出去的。

因此，今天我們在思考「中國文化如何走出去」的問題時，首先要樹立一個國際合作的眼光，要積極聯合和依靠國外廣大從事中譯外工作的漢學家、翻譯家，加強與他們的交流和合作，摒棄那種以為向世界譯介中國文學和文化「只能靠我們自己」、「不能指望外國人」的偏見。其實我們只要冷靜想一想，國外的文學和文化是靠誰譯介進來的？是靠外國的翻譯家，還是靠國家自己的翻譯家？答案是很清楚的。事實上，國外有許多漢學家和翻譯家，他們對中國文學和文化都懷有很深的感情，多年來一直在默默地從事中國文

學和文化的譯介，為中國文學和文化走進他們各自的國家作出了很大的貢獻。假如我們對他們能給予精神上、物質上、乃至具體翻譯實踐上的幫助的話，那麼他們在中譯外的工作中必將取得更大的成就，而中國文學和文化通過他們的努力，也必將在他們的國家更加廣泛地傳播，從而產生更大、更有實質性的影響。

　　有鑑於此，為了讓中國文學和文化更有效地走出去，我覺得我們可以做兩件事：一件是設立專項基金，鼓勵、資助國外的漢學家、翻譯家積極投身中國文學、文化的譯介工作。我們可以請相關專家學者開出一批希望翻譯成外文的中國文學、文化典籍的書目，向世界各國的漢學家、中譯外翻譯家招標。中標者不僅要負責翻譯，同時還要負責落實譯作在各自國家的出版，這樣做對促進翻譯成外文的中國文學作品和文化典籍在國外的流通有切實的效果。與此同時，基金也可對主動翻譯中國文學和文化作品的譯者進行資助。儘管這些作品不是我們推薦翻譯的作品，但畢竟也是中國文學和文化的作品，而且因為是他們主動選擇翻譯的，也許更會受到相應國家讀者的歡迎。

　　另一件事是在國內選擇適當的地方建立一個中譯外的常設基地，這種基地相當於一些國家的翻譯工作坊或「翻譯夏令營」。邀請國外從事中譯外工作的漢學家、翻譯家來基地小住一兩個月。在他們駐基地期間，我們可組織國內相關專家學者和作家與他們見面，共同切磋他們在翻譯過程中碰到的問題。2008 年 3 月，英國藝術委員會（相當於英國文化部）與中國新聞出版總署聯手在杭州莫干山舉辦了一個為期一周的中英文學翻譯研討班，就是一個很好的開端。這個講習班邀請了 20 名在國外從事中譯英文學翻譯的翻

譯家和 20 名在國內各大出版社從事外國文學翻譯、出版的資深編輯，同時還邀請了兩名英國作家和兩名中國作家，共同就中英文學翻譯中的一些具體問題進行深入的探討。我在講習班上就翻譯理論做主題報告時，就提到了上述建議，結果引起那 20 名來自國外的翻譯家極其濃厚的興趣，報告結束後他們紛紛走上前來詢問這兩個建議的可行性。

我這樣說，並不意味着國內從事中譯外的翻譯工作者在讓中國文化走出去一事上就無所作為了。前不久《中國讀本》一書由上海長江對外出版公司翻譯成英文後在海外的發行就取得了較大的成功，其成功的原因在於他們翻譯時，並不是簡單地把文本從中文譯成英文就算完事，而是在原文的基礎上進行深度再加工，再創作，「用西方的語言，按西方人喜歡並樂意接受的方式講西方人聽得懂的『中國故事』。」事實上，在中國文化走出這件事上，全靠我們中國人不行，但全靠外國人也是不行的。

語言差與時間差
——中國文化「走出去」需重視的兩個問題

　　隨着近年來中國經濟實力的增強和國際地位的提升,更隨着中國國際交往的日益頻繁,中國文化如何才能真正有效地「走出去」,成為從國家領導到普通百姓都非常關心的一個問題。但關心中國文化「走出去」,並不是搞「文化輸出」,更不是搞「文化侵略」,而是希望通過對中國文化包括中國文學在世界各國的譯介,讓世界各國人民更好地了解中國,認識中國,理解中國,從而讓中國人民與世界各國人民共同建設一個更和諧的世界。眾所周知,文學和文化是一個民族最形象、最生動的反映,通過文學和文化了解其他民族,也是最便捷的一個途徑。

　　然而很長時期以來,我們國家從高層領導到普通百姓在「中國文化如何走出去」這個問題上卻存在着一個認識誤區,即把這個問題簡單地理解為一個翻譯問題,以為只要把中國文化典籍和中國文學作品翻譯成外文,中國文學和文化就自然而然地「走出去」了。問題當然並非如此簡單。

　　最近幾十年來的中國比較文學譯介學理論和當代西方翻譯理論都已經揭示出翻譯不是在真空中發生的一個簡單的語言文字的轉換行為,而是一個受到譯入語國家政治、意識形態、時代語境、民族

審美情趣等許多因素制約的文化交際行為。因此，想要讓翻譯取得預期的效果，產生應有的影響，那麼我們的目光必須從單純的語言文字的轉換層面跳出來，還要關注到翻譯行為以外的種種因素，包括翻譯與文化的跨國、跨民族、跨語言的傳播方式、途徑、接受心態等因素之間的關係等問題。

這樣，借助譯介學的視角，我們來審視「中國文化走出去」的問題，我們就會注意到我們以前在相當長的時間裏的某些做法的一些問題。譬如，我們以國家、政府的名義，編輯、發行英、法文版的《中國文學》月刊，以向外譯介中國文學和文化，以國家出版社的名義，翻譯、出版介紹中國文學作品的《熊貓叢書》等。這些做法其效果究竟如何？有沒有達到預期的目標？有哪些經驗和教訓？等等，都值得我們進行認真的研究和總結。

限於篇幅，本章僅提出其中兩個被我們忽視的問題，一個是語言差問題，另一個是時間差問題。

所謂語言差，指的是操漢語的中國人在學習、掌握英語等現代西方語言並理解與之相關的文化方面，比操英、法、德、俄等西方現代語言的各西方國家的人民學習、掌握漢語及理解相關的中國文化要來得容易。

所謂時間差，指的是中國人全面、深入地認識西方、了解西方，積極主動地譯介西方文化至今已經持續一百多年了；而西方人對中國開始有比較全面深入的了解，也就是中國經濟崛起的這二三十年的時間罷了。具體而言，從鴉片戰爭起，西方列強已經開始進入中國並帶來了西方文化，從清末民初起中國人更是興起了學

習西方的熱潮。與之相對的是，西方對我們開始有比較多的人積極主動地來認識和了解中國文化則還是最近這二、三十年的事。

　　由於語言差的存在，所以在中國能夠有很多精通英、法、德、俄等西方語言並理解相關文化的專家學者，而在西方我們卻不可能指望同樣有許多精通漢語並深刻理解中國文化的專家學者，更不可能指望有大批能夠直接閱讀中文作品、並能比較深刻地理解中國文化的普通讀者。而由於上述的時間差，所以我們就擁有比較豐厚的西方文化的積累，我們也擁有一大批對西方文化感興趣的讀者，他們都能較輕易地閱讀和理解譯自西方的文學作品和學術著述。而當代西方就不具備我們這樣的優勢，他們更缺乏相當數量的能夠輕易閱讀和理解譯自中文的文學作品和學術著述的讀者。從某種程度上而言，當今西方各國的中國作品的普通讀者大致相當於我們國家嚴復、林紓那個年代的閱讀西方作品的中國讀者。明乎此，我們也就能夠理解，為什麼當今西方國家的翻譯家們在翻譯中國作品時，多會採取歸化的手法，且對原本都會有不同程度的刪節。而由我們的出版社提供的無疑是更加忠實於原文、更加完整的譯本在西方卻會遭到冷遇，原因就在於此。但是我們只要回想一下，我們國家在清末民初介紹外國文學作品時，也經常是對原文進行大幅度的刪節、甚至還要把外國的長篇小說「改造」成章回體小說，這樣才能被當時的中國讀者所接受，那麼今天中國文學作品和中國文化典籍在西方的這種遭遇也就不難理解了。

　　有人也許會質疑上述「時間差」問題，認為西方對中國文化的譯介也有很悠久的歷史，有不少傳教士早在 16 世紀就已經開始譯介中國文化典籍了，譬如利瑪竇（Matteo Ricci）。再譬如理雅各

（James Legge），在 19 世紀中葉也譯介了中國的四書五經等典籍。這當然是事實，但他們沒有注意到另一個事實，即最近一百多年來西方文化已經發展成當今世界的強勢文化。多數西方讀者滿足於自身的文化而對他者文化缺乏興趣和熱情，這從翻譯出版物在西方各國出版物總量中所佔的比例即可看出：在美英等國翻譯作品只佔這些國家總出版物數量的百分之三五而已，與翻譯作品在中國佔總出版物數量的將近一半相比，不可同日而語。

「語言差」和「時間差」問題的存在，提醒我們在推動中國文化「走出去」時，必須關注到當代西方讀者在接受中國文學和文化時的以上特點。這樣，我們在向外譯介中國文學和中國文化時，就不要操之過急，一味貪多、貪大、貪全，在現階段不妨考慮多出一些節譯本、改寫本，這樣做的效果恐怕要比那些「逐字照譯」的全譯本、比那些大而全的「文庫」的效果還要來得好，投入的經濟成本還可低一些。

「語言差」和「時間差」問題的存在，也恰好證明了國內從事中譯外工作的翻譯家還是大有可為的。我們以前強調一個國家、一個民族接受他國、他民族的文化主要依靠的是本民族的翻譯家，這是從文化的跨語言、跨民族傳播與接受的一般規律出發而言的，譬如我們接受西方文化、或者東南亞各國接受中國文化，就是如此。但是由於中西文化交流中的「語言差」和「時間差」，我們不可能指望西方也像我們國家一樣擁有眾多精通漢語的漢學家和翻譯家。因此，通過合適的途徑和方式，中國的中譯外翻譯工作者完全可以為中國文化「走出去」一事發揮他們的作用，作出他們的貢獻。事實上，在中國文化走出去這件事上，全靠我們中國人固然不行，但全靠外國人也是不行的。

第二編

學界雜俎

紙質文本的深度閱讀改變人生

　　幾年前我曾問過一群翻譯專業的研究生，請他們舉出一本他們上大學以後、以及開始讀研究院以來共五年多時間裏讀過的一本印象最深的非專業圖書，結果全班二十來個研究生竟然沒有一個人能舉出一本給他們留有深刻印象的圖書。事後我從同事中了解到，這個現象並非個別。事實上，現在的年輕人越來越滿足於網上閱讀，而越來越少人能沉下心來捧一本紙質的人文圖書潛心閱讀。這個現象讓我非常震驚，因為網上的速食式淺度閱讀大多是解決一時之需的資訊資料，而不大可能代替通過紙質文本或類紙質文本的電子文本的深度閱讀培育、鑄造讀者的人文素養。長此以往，年輕一代的人文素養恐怕堪憂。我自己的閱讀體會是紙質文本的深度閱讀改變了我的人生，也鑄造了我的充實的人生。

　　我從小喜歡讀書。上世紀 50 年代初，我們國家出過不少各個國家的民間故事選（或集）之類的書，什麼《朝鮮民間故事》啊，《立陶宛民間故事》啊，我一本接一本地看得津津有味。看完了借得到的所有的民間故事以後，我又轉向了童話故事書，《格林童話》、《安徒生童話》都找來看了。進入小學高年級後，我開始不滿足於讀那些短篇故事了，於是開始找長篇小說讀，《水滸》、《三國》、《封神演義》、《說岳全傳》等，以及一些前蘇聯的翻譯小說，如《古麗雅的道路》、《短劍》、《卓婭和舒拉的故事》等，成為我當時最熱衷的讀物。

1956 年我考上了光明中學。考進中學有一件事讓我最感興奮，那就是我有了學生證（因為小學生沒有學生證）。而有了學生證，就意味着我就可以進入上海圖書館看書了！當時上海圖書館有個規定：一是要憑證件才能進館看書，另一個規定是沒有證件的人要身高在 1.47 米以上的人才可以進館。我那時個子矮小，大約才 1.45 米，所以只好到我家附近的黃浦區圖書館去看書。但那圖書館書的品種少，我感興趣的書不多。所以我取得了學生證之後的第一件事就是直奔我嚮往已久的上海圖書館看書。

　　當年上海圖書館讀者讀書的盛況現在回想起來簡直像天方夜譚：那時上海圖書館還沒有現在的新館，它還在南京西路、黃陂路口，市中心人民公園的西北角，有一口大鐘的大樓內。每逢星期天，進館看書的讀者特別多，入口處總會排起長長的等候入館的隊伍，通常有二三十人，多時則從二樓一直排到底樓，恐怕就有五六十人，甚至更多了。等候的時間倒也不算太長，一般等個刻把鐘（15 分鐘），至多半小時，也就可以進去了。這是因為讀者中有一批人是工程技術人員，他們往往就是來查閱某些相關的技術資料，查完後也就離去了。大約有三分之二的讀者是像我一樣的「釘子讀者」，進館後一坐就是半天，有的甚至一直要坐到閉館才離去。通常到下午三四點鐘以後都還會有人在門口排隊等候進館看書。

　　我在上海圖書館的讀書歷史持續了整整六年，從初中一直讀到高中畢業。每個星期天我都是早早吃完午飯便步行去上海圖書館了。每次打開上圖入口處的抽屜式書目卡片箱，翻閱着一張張印着中外圖書書名的卡片，我心裏就會湧起一陣狂喜，覺得自己是天下

最幸福的人，因為這麼多書都是我可以自由借閱的，可以盡情享受的。在上圖這六年的讀書經歷培養了我對文學的興趣和愛好，提高了我的作文寫作的能力。在高中畢業前夕奪得全校作文比賽的第一名，更奠定了我走文學道路的志向，從而改變了原先報考醫學專業的志願，改為報考文科大學，進入了上海外國語學院（現上海外國語大學，簡稱「上外」）俄語系。

然而上外俄語系一年級教材中那些淺顯的課文，加上單調枯燥的語音語調訓練，滿足不了我對文學的愛好，我一度萌生了退學的念頭。這時又是閱讀改變了我的命運：升入二年級後，我的主課教師倪波教授見我對文學有興趣，便每周抽出一個晚上輔導我直接讀俄語原版的屠格涅夫（Ivan Turgenev）小說《貴族之家》（*Home of the Gentry*）。一個學期下來，我完全被優美、偉大的俄羅斯文學所深深吸引，不僅打消了原先的退學念頭，而且還開始特別投入、特別勤奮地學習俄語，成為全系三名學習成績最優秀的學生之一。

我最難忘的閱讀經歷發生在文革期間。文革是讀書人最遭罪的時期，整個中國大陸都無書可讀。圖書館都被封了，書店裏最暢銷的書是《赤腳醫生手冊》，因為比起當時那些充滿了假話、大話、空話的圖書，這本書裏多少還有些實用醫學知識。儘管如此，讀書人還是通過各種管道搞到了一些被禁的中外文學名著，在好友之間私下傳閱。能獲得一本好書，那是文革期間讀書人最大的享受了。有一次一位朋友借給我一本《基度山恩仇記》（上冊），但給我看的時間非常有限，只有一個晚上，因還有許多人等着看這本書，我只好熬夜一個通宵把書看完。但因為是上冊，書中的許多懸念都未作交代，看得我心中奇癢難熬，於是我決心開始自學法文，為的是有

朝一日可以通過法文看該書的下半部（當時可預見不到文革何時能結束）。

　　文革期間的另一個讀書管道是讀內部發行的圖書。這些書分兩大類：一類是文學作品，多為美國、蘇聯、日本的當代文學作品；還有一類是政治性質的作品，包括政治人物如尼克森（Richard Nixon）、基辛格（Henry Kissinger）等人的傳記或自傳，以及一些像考茨基（Karl Kautsky）、伯恩斯坦（Eduard Bernstein）這樣一些國際共運史上的政治人物的言論彙編。翻譯出版這些書的初衷是為了供批判用，從反面來證明當時四人幫所奉行的那一套極左路線的正確，不過其實際接受效果恰恰相反。好幾年前我有一次與陳思和、王安憶、趙麗宏、陳丹燕一起吃飯時談到文革期間的讀書經歷，他們也都不約而同地說這些內部發行的圖書是他們「最初的文學滋養」。我當時讀了所謂的修正主義領袖伯恩斯坦的一句話「運動就是一切，最終目標是微乎其微的」，就深受啟發，從而進一步看透了文革的性質。當時讀過的一本法國總統德斯坦（Vayéry d'Estaing）的傳記，其中提到德斯坦信奉「積極宿命論」，意思是儘管命運不可把握，但自己要作好準備，這樣一旦機會出現時就能夠把握住，對我的人生態度影響也非常深。我 1968 年大學畢業離開上外到本市虹口區一所中學任教，那是一所條件非常差的中學，但 11 年中學教書期間，我一直沒有停止讀書。當時有一位同事看我如此投入地讀書，頗為好心地對我說：「我們當初剛來時也是這樣的」。言下之意，後來他就不這樣了。不過，我這個「當初」一直堅持到了最後。文革結束、研究生制度恢復後，我以第一名成績重新考回上外，我想跟這段時間堅持讀書有很大關係。

只是這些內部發行的圖書很不容易覓得，據說當時一套四冊的《第三帝國興衰史》在黑市市場上可以換到一輛新的鳳凰牌或永久牌自行車，而當時一輛自行車的價格可是差不多相當於我們三個月的工資啊！更何況當時的自行車還不是輕易可以買到的，得憑票購買。由此可見當時這些內部發行圖書的珍貴。

　　文革結束以後，許多當年內部發行的圖書都公開發行了。有一次逛書店，我一眼瞥見當年那套曾經無比珍貴的《第三帝國興衰史》也放列在書櫃上，只是它已經風光不再，讀者一個個從它身邊走過，卻無人問津。我不禁感慨系之：是啊，如今每年出版的圖書可謂汗牛充棟、琳琅滿目，再加上網上查閱，任何一本書「滴答」之間即可輕鬆看到，還有哪一本（套）書值得人們為之魂牽夢依呢？只是隨着數位化時代的來臨，隨着人們閱讀方式和閱讀習慣的改變，我們的後代會不會有朝一日寫出一部《人類閱讀興衰史》呢？我擔心。

我的俄文藏書

　　我喜歡書，從小就喜歡，但真正擁有自己的藏書卻是上了大學以後的事。而且，我最早的藏書都是俄文書，這一方面固然跟我所學的專業有關，但另一方面也是因為俄文書比較便宜，我買得起。上世紀 60 年代初，俄文新書，如一部托爾斯泰的長篇小說《復活》（*Resurrection*），也不過 1 元 3 毛錢。至於舊書，大多才幾毛錢，最貴的也不過一元多。我曾在福州路外文舊書店買到杜斯妥耶夫斯基的長篇小說《白癡》（*The Idiot*），厚厚的一本，書還很新，只花了 4 毛錢。

　　不過最初我買的都是些俄文的兒童文學作品，如著名蘇聯兒童文學作家蓋達爾（Arkady Gaidar）（50 年代的中國小讀者甚至成年讀者都對他的作品津津樂道，但前些年我訪俄時獲悉他的孫子即曾任葉利欽政府代總理的蓋達爾（Yegor Gaidar）對乃祖卻不以為然，令我甚感愕然）的作品集，以及俄國作家柯羅連科（Vladimir Korolenko）的兒童題材小說等。這些作品語言淺顯，文筆流暢，對於初學俄文者提高俄文水準很有幫助。當時有一本書我最喜愛，那就是俄文版的《牛虻》。牛虻的故事我本來就已經熟悉，譯成俄文後的文字又比俄羅斯作家的原著容易懂，再加上這本書還附有十幾幅精美的油畫插圖，把主人公牛虻的堅毅形象和他的生父蒙塔里尼的複雜情感表現得淋漓盡致，維紗維肖，所以這本書最令我

愛不釋手。後來，由於這本書的經驗，我又買了不少俄文的翻譯文學作品，如美國作家德萊塞（Theodore Dreiser）的《天才》（*The Genius*）、《珍妮姑娘》（*Jennie Gerhardt*），惠特曼（Walt Whitman）的《草葉集》（*Leaves of Grass*），狄更斯的《遠大前程》（*Great Expectations*）等。

升上二年級後，我碰到一位非常好的老師，他利用課餘時間每周兩次指導我讀屠格涅夫的原著《貴族之家》。這是我頭一次讀俄文名著的原作，讀得很慢，很累。一個學期下來，十幾萬字的《貴族之家》仍有一個尾巴沒有讀完。但是通過這一學期的高難度的閱讀，我的俄文閱讀水準有了明顯的長進。而且，更重要的是，通過這樣的閱讀，我體會到了直接品嘗俄羅斯文學原著的那種難以言傳的快樂和享受。從此，我每星期天去逛外文書店時，我的目光就開始投向了那些文學名著。不到一年的功夫，托爾斯泰三部代表作《戰爭與和平》（*War and Peace*）、《安娜·卡列尼娜》（*Anna Karenina*）、《復活》（*Resurrection*）以及他的自傳三部曲《幼年、童年、少年》（*Childhood, Boyhood, Youth*），果戈里（Nikolai Gogol）的《死魂靈》（*Dead Souls*）、屠格涅夫的《貴族之家》、《春潮》（*Torrents of Spring*）以及他的中短篇小說集，杜斯妥耶夫斯基的長篇小說《白癡》，三卷本的《契訶夫作品選》和《契訶夫劇作集》，以及高爾基（Maxim Gorky）的著名三部曲等幾十本俄蘇文學的名著，統統擺上了我的書架。

從大學三年級起，我開始醉心於俄羅斯詩歌。本來，俄羅斯詩歌，尤其是普希金的詩，在讀大學以前，我已經讀過不少，當然，讀的都是譯本。進入大學以後，通過當時著名的配音演員胡慶

樹等的朗誦表演，對普希金的詩就更是耳熟能詳。但是在大學三年級，我讀到了多篇普希金詩的原作後，我感受到一種強烈的震懾和狂喜。那種感覺，就像是一個一直讀現代漢語翻譯的唐詩宋詞的人，突然有一天讀到了唐詩宋詞的原作一樣，也許更要強烈，因為俄語裏有輔音連綴和單詞重音，所以俄文詩的音調更加鏗鏘，更加富有變化，更加奧妙無窮。那時的外文書店裏，俄文書佔了大半壁江山，所以沒有多久我就收集到了普希金的作品集，包括他的長詩《葉甫根尼‧奧涅金》（*Eugene Onegin*）和抒情詩集，以及二卷本的《萊蒙托夫詩選》和《伊薩科夫斯基詩選》，屠格涅夫的《散文詩集》，甚至烏克蘭詩人謝甫琴科（Taras Shcvchcnko）的《抒情詩選》，等等。我還買到一套最新出版的袖珍本世界著名詩人詩選叢書，其中有普希金、雪萊、密茨凱維奇（Adam Mickiewicz）、席勒（Friedrich Schiller），等等，每個詩人一本集子。書印得小巧精美，精裝本的硬封面外有一個漂亮的封套，扉頁是一幅極其傳神反映詩人獨特氣質的木刻肖像。紙質也特別好。書的頂部外沿塗有金粉，還有一根絲質的帶與書裝釘在一起，可以起書籤的作用。這套書我特別喜歡，後來下鄉勞動或出差，我總帶着，一則是因為小巧便於攜帶，一則是因為所選詩都很精當，每個詩人的代表作幾乎盡收其中。

到大學四年級，國內讀者所知道的俄蘇文學名著，包括像薩爾蒂科夫‧謝德林（Saltykov-Shcherin）的諷刺作品，岡察洛夫（Ivan Goncharov）的長篇小說，別林斯基（Vissarion Belinsky）、車爾尼雪夫斯基（Nikolay Chernyshevsky）和杜勃羅留波夫（Nikolay Dobrolyubov）的文學批評著作，以及法捷耶夫（Alexander Fadeyev）

的《青年近衛軍》（*The Young Guard*）等，我幾乎都已收集齊全。這時我的閱讀興趣又發生了變化，我迷上了俄羅斯的科幻作品和俄羅斯的散文作品。於是我在書店裏拼命搜尋這類作品，什麼《水陸兩棲人》（*Amphibian Man*），什麼《陶威爾教授的頭顱》（*Professor Dowell's Head*），我見一本就買一本。我還買了蘇聯科幻作家別良耶夫的作品全集，可惜因文革發生，僅買到第一、第二集，後面幾本就再也沒能買到了。散文方面，我較為得意的是在舊書店「淘」到了俄國作家阿克薩科夫（Sergei Aksakov）的《釣魚瑣記》和《獵人狩獵記》。阿氏以長篇小說《家庭記事》和《巴格羅夫孫子的童年》等為中國讀者所了解。但在我看來，他的《釣魚瑣記》和《獵人狩獵記》更有味道，這兩部著作看上去頗有點像一個生物學家或博物學家的工作札記，記載着許多魚類和禽鳥的情況。但是他在記述這些生物時用的卻不是科學工作者那種乾巴巴的文字，而是文學家生趣盎然的文筆娓娓道來，引人入勝。我至今還記得他寫鴿子，說鴿子從很早很早時候起就是純潔、溫柔和愛情的象徵。他認為這三種特徵鴿子都當之無愧，舉出了許多民歌民諺說明，諸如「他們倆相親相愛就像一對鴿子一樣」，等等。阿氏在這兩本書裏寫了幾十種魚，幾十種鳥，也描寫了樹林、草原和沼澤。而每一種魚，每一種鳥，他都能洋洋灑灑地寫出一篇文筆雋永回味無窮的散文，實在令人驚訝。我那時就曾萌發過一個念頭：待我退休以後，把這些文字一篇篇地翻譯出來作為自娛（當時可不敢想像這種談魚說鳥的文字可以翻譯後公開出版）。

大學四年，可以說是我買書藏書的黃金時代。不過三年多一點的時間，我就收集到了好幾百本俄文的經典名著。可惜的是，就在

我畢業的前夕，中國爆發了「大革文化命」。從此，別說是買俄文書，即使是買中文書的黃金時代也畫上了句號。後來，「文革」結束，國家實行了改革開放，但書店裏俄文文藝圖書已成空谷絕響。因此，有時逛書店回來，看到自己家裏的幾百本俄文圖書，欣慰之餘，也會禁不住撫今追昔，不勝感慨繫之。

莫斯科購書記

　　對於喜歡買書的人來說，莫斯科如果算不上購書天堂的話，那麼至少也是當今世界上購書的最好去處之一。

　　初到莫斯科，莫斯科立即給我一個「三多」的印象：一是兌換外幣點多——在熱鬧的商業街上，兌換外幣的點幾乎比比皆是，每走幾步就可看見一個；二是銷售鮮花的攤點多——在莫斯科，幾乎所有地鐵站的裏裏外外，出售鮮花的攤點是必不可少的一道風景線；三就是書攤書店多——莫斯科比較像樣的書店至少在三五十家以上，至於大大小小的書攤那就多得難以勝數了，光是在我下榻的莫斯科大學的主樓裏，各種各樣的書攤就有十幾個之多，而在幾個主要的書市街道上，諸如庫茲涅佐夫橋大街、特維爾斯卡亞大街等，一個個的書攤簡直多到綿延不絕的地步。不僅如此，在和平大街的運動場，每逢周末還都有兩天書市，其佔地面積幾倍於上海的文匯書展，書籍愛好者們冒着零下幾十度的嚴寒，排着長長的隊伍買票入場購書。一張門票要 1,000 盧布（約等於人民幣 1 元 5 角）。不能算便宜，但每星期卻仍然有許多人趕來買書，這一方面固然說明俄羅斯人中愛書者甚眾，但另一方面也說明在那裏有書可買，有書值得買。

　　事實也確是如此，我在俄羅斯訪學的那段時間裏，莫斯科大學裏的書攤天天都要去轉一轉自不待言，即使是市中心的幾家大書

店，如位於新阿爾巴特街上的「書之家」和位於特維爾斯卡亞大街的莫斯科書店，我每星期也都非得去「報到」一下不可。3個月下來，我買的書就已經超過100本了，而這還是自己不斷提醒自己「不能多買，否則行李要超重」的結果。

在莫斯科能買到這麼多的書，首先要歸功於俄羅斯的書價比較便宜。就在去俄羅斯之前不久，我正好去了趟加拿大和美國。在多倫多大學附近的一家學術書店裏也發現不少好書，至少有十來本書值得買回來，但那裏的書價實在太貴。我左算右算，最後只買了三本翻譯理論方面的著作（因這類書國內太少）。然而，即使這區區三本書（每本都只有二百多頁）也已經花掉了我將近100加元的錢（約相當於500元人民幣）。莫斯科則不然，俄羅斯的書，一般的小說或詩集，大約兩三美元即可買厚厚一本，且都是精裝的。我買了一本最新版的《契訶夫傳》（將近四百頁），只花了20,000盧布，不到4美元，還算是比較貴的。一本《金瓶梅》的俄譯本，760多頁，也只25,000盧布，不到5美元。學術書貴一些，如上下兩冊的《俄羅斯翻譯文學史》，約600頁，標價70,000盧布，將近14美元，但開本比我們國內的大32開本要大。

其次，俄羅斯書的品種多，推出新書的速度快，所以每次到書店或書攤去，我都能發現我感興趣的新書。譬如，我買到《克里姆林宮的子女》（描寫歷任克宮權貴們的子女情況）之後不久，又發現了《克里姆林宮的媳婦》、《克里姆林宮的謀士》等書。我買了一套上下冊的《二十世紀俄羅斯文學史》後，很快又買到另一本與《十八、十九世紀俄羅斯文學史》配套的《二十世紀俄羅斯文學

史》。兩本《二十世紀俄羅斯文學史》雖然書名相同，但各具特色，並不雷同。

再次，俄羅斯的圖書中有不少中國出版界較少涉及甚至尚屬闕如的選題，令人愛不釋手。譬如，心理學方面的圖書，從教科書性質的《心理學概論》、《心理學基礎》，到《實用心理學》、《趣味心理學》，再到各種各樣的心理自測題集，林林總總，擺滿了各個書店書攤。再如，文化學理論方面的書，儘管中國學術界已經注意到這一領域，但迄今還未推出什麼有影響的書，而在俄羅斯，《文化學概論》之類的書已經有五六種之多。此外，像巴赫金（Mikhail Bakhtin）研究的專著和文集、洛特曼文集等，在國際上都很有影響，但在中國出版界還介紹得不多。

這裏，我想講幾句有關莫斯科書攤的話。未去俄羅斯之前，有人告訴我，買書可到書攤上去買，我還不信。因為在我的概念中，書攤上出售的無非是些暢銷書、通俗讀物，甚至一些下三流的作品。到了莫斯科後，才知並非如此。在莫斯科成百上千的書攤中，光賣暢銷書的書攤倒並不多見，倒是發現不少「檔次」很高的書攤。如有的書攤專賣外語工具書，從常用的英語、法語、德語等，到一些少數諸種，如意大利語、希臘語、希伯萊語等。有的書攤專賣政治類或法律類讀物，還有的書攤專賣心理學圖書，等等。至於設在大學或研究機構內的書攤，其「檔次」就更高了，出售的全是高品位的學術書。如設在經濟研究所裏的書攤，賣的全是經濟學方面的書，設在莫斯科大學裏的書攤，賣的就都是與大學專業有關的書。

馬路上的書攤大多賣的是新書，倒是在莫斯科大學裏有幾個專售舊書的書攤（以及兩家舊書店）。其中有一個舊書攤出售的都是文藝學、文學史、美學、哲學理論等方面的舊書，攤主很懂行，書價特別貴。一本十幾年前出版的韋勒克（René Welleck）的《文學理論》俄譯本舊書，索價二十幾美元，且不肯降價。但其他幾個書攤，價錢倒還公道，如亞非學院樓下的一個舊書攤，匯集了不少中、日、印、越以及阿拉伯等國的俄譯典籍舊書，諸如中國古代的山水詩集，《老子》、《莊子》的俄譯本，等等，開價和新書差不多。只有一本題為《中國色情文化》的書例外。那本書其實是一本學術研究性質的書，因為標題比較刺激，再加上裏面附好多幅中國和日本的春宮畫，攤主以為奇貨可居，開價 120,000 盧布（約等於二十幾美元）。但直到我離開俄羅斯，那本書仍然靜靜地躺在那裏，無人問津。

　　在莫斯科購書，也會碰到令人遺憾的事。一次，友人帶我去逛一家學術書店。我們好不容易乘了半個多小時車趕到那裏，不料書店大門緊閉，門上掛一塊牌子，上書：「14 點至 15 點午飯時間。」我看一下手錶，14 點還剛過沒幾分鐘呢。我看看友人，他則用眼色指示我看那邊幾個剛從書店裏被「趕出來」的俄羅斯顧客，他們一個個若無其事地站在那裏等候。顯然，他們早就見怪不怪了。

一本光芒四射的智慧之書

——讀利哈喬夫《解讀俄羅斯》

　　説實話，在我接到德・謝・利哈喬夫（Dmitri Likhachov）的《解讀俄羅斯》（*Reflections on Russia*）（北京大學出版社 2003 年 7 月版）這本書時，首先引起我興趣的倒不是這本書的書名——《解讀俄羅斯》，而是這本書的作者名——德・謝・利哈喬夫院士。

　　在中國熟悉利哈喬夫名字的讀者也許並不很多，但是凡是對俄羅斯文學、文化稍有研究的中國學者，那他就一定會知道利哈喬夫這位俄羅斯學界的泰斗，知道這位深受俄羅斯文化人乃至普京總統敬仰的國學大師。曾兩次獲得蘇聯國家文學獎的利哈喬夫，他的研究視野極為開闊，無論是托馬舍夫斯基（W. Tomaszewski）的「版本學」、什克羅夫斯基（Viktor Shklovsky）的「形式方法」、巴赫金的「複調理論」，還是洛特曼的「結構詩學」，他均有所涉獵。他的代表作《古代俄羅斯文學詩學》被譽為「俄羅斯精神文化的百科全書」，其他幾部著作，如《藝術創作哲學概論》、《俄羅斯文學的歷史詩學・笑作為世界觀》等，也是備受推崇。至於他的這本去世前九天才交給出版社的絕筆力作《解讀俄羅斯》，更是以其對俄羅斯文學、文化敏鋭的洞察、犀利的剖析、深刻的反思，贏得無數讀者的激賞。正如作者在該書的自序所坦陳的：「在本書中所要講的是極為個人的見解，我不把它強加給任何人。但是，講述自己最一般

的哪怕是主觀印象的權利讓我終生研究俄羅斯，對我來說，沒有任何事物比俄羅斯更珍貴。」正是這種對俄羅斯無比深厚的感情，使得作者在分析俄羅斯文化的走向得失時能比他的同行更切中肯綮。

譬如，在蘇聯解體以後，俄羅斯國內環繞着今後的俄羅斯何去何從的問題展開了激烈的辯論，利哈喬夫就寫出了收在本書內的《俄羅斯的歷史經驗與歐洲文化》、《俄羅斯從來不是東方》等文章，以豐富翔實的歷史史料論證了俄羅斯文化的歐洲根源和屬性，指出俄羅斯從來就不屬於東方。這個觀點一方面固然未脫歐洲中心主義的窠臼，但另一方面也反映了當代新俄羅斯人拋棄此前一直流行的「俄羅斯特殊使命」觀念而採取的更為務實的立場。

再譬如，他把「只生活在過去和未來」的精神存在方式歸結為俄羅斯人一個重要的性格特徵，這也是很有見地的。俄羅斯人經常搖擺於「憶舊」與「憧憬」之間，激情往往化為極端，這也許就是為什麼俄羅斯人會有「休克療法」、「五百天計劃」等這樣一些急於求成的做法的一個原因吧？

至於利哈喬夫對俄羅斯知識分子本性道德基礎的深刻思考以及他對此所直率表達的觀點，真可以說是到了令人震撼的地步。他不認為所有的知識分子都具有創造性，他尖銳地指出：「一個正在寫作的、教課的、創造藝術作品的人，按訂貨、按照任務……來做這件事，在我看來，他無論如何也不是知識分子，而只是一個被僱傭的人。」

對花園、以及城市形象與俄羅斯文化的關係等方面的研究，讓我們見識到了利哈喬夫的知識是多麼淵博。他對不同歷史時期俄羅斯花園所蘊含的豐富文化內涵的剖析，簡直如數家珍，而他提出

的一些批評性意見，如「恢復歷史古蹟的最初景觀是完全不可能的，就像不能用複製和模型來代替歷史文物一樣……殘缺不全的公園獲得了新的美觀，無論從歷史的觀點，還是從美學的觀點看，都沒有必要，也沒有權力除掉這樣的美觀」；「計劃發展城市的建築師們，絕大部分極為浮淺地了解被他們計劃的城市歷史，他們不知道，在這些城市裏，在城市建設方面什麼是有價值的，有哪些城市建設思想在這些城市裏發展過」，所以「在保持文化發展歷史繼承性方面，城市形象的研究和保護起着首要的作用」，等等，即使對我們中國讀者來說，也是很具啟迪意義的。

作為一個外國文學教師，我對利哈喬夫關於文學方面的論述印象更為強烈和深刻。本書從文本學、結構主義、藝術心理學等角度對普希金、陀思妥耶夫斯基、列夫・托爾斯泰等俄國古典作家所作的論述，明顯使人感到別開生面，耳目一新。而他針對前蘇聯文學創作中的一種做法（與中國「文革」時期「主題先行」的做法頗相彷彿）提出的批評，那更是尖銳得入木三分了。他說：「我不理解，怎麼能夠要求重大的文學『表現列寧格勒主題』，從工人或民警等人群中展現英雄。不能將文學瑣碎化。我們的工人不僅對自己的生產、自己的城市等事物感興趣。如果將批評家經常給現代作者提出的這種要求提交給陀思妥耶夫斯基和普希金等作家，那麼，我們就沒有世界文學了。《告別馬焦拉》（*Farewell to Matyora*）不是關於為了偉大的工程而淹沒的西伯利亞鄉村命運的作品。這是世界主題的作品，因為對故鄉態度的主題使全世界所有的人感興趣，而在拉斯普京（Grigori Rasputin）的《告別馬焦拉》中可有許多其他『可詛咒的問題』應該考慮，這些問題不會很快消失。」讀了這段話，

我不禁回想起「文革」中的一件荒唐事：當時，在「為工農兵服務」的名義下，所有的飯店都不准做精緻的特色的菜肴，而只准做些青菜、蘿蔔、豆腐之類的所謂大眾菜，好像工農兵只配吃青菜、蘿蔔、豆腐，而沒有資格吃高級、精緻的特色菜餚似的。兩種做法，雖然表現形式不一樣，但其思維方式卻是何其相似乃爾。類似這樣閃爍着智慧光芒的真知灼見，在書中可謂比比皆是。

《解讀俄羅斯》，真可以稱得上是一本光芒四射的智慧之書啊！

帕斯捷爾納克與諾貝爾文學獎

　　對世界各國絕大多數在世的文學家來說，諾貝爾文學獎不僅意味着一筆數目可觀的獎金，它更給得獎者帶來了巨大的榮耀，但是對一個人來說，諾貝爾文學獎的授予不僅沒有給他帶來榮譽和獎金，相反，卻給他帶來了無窮的災難，從某種意義上說，還導致了他的早逝，這個人就是前蘇聯著名作家、詩人、翻譯家帕斯捷爾納克（Boris Pasternak）。

　　1958 年 10 月 23 日，帕斯捷爾納克收到諾貝爾評獎委員會秘書安特斯・艾斯特林的電報，通知他說，由於他「在當代抒情詩歌和偉大的俄羅斯散文的傳統領域所取得的傑出成就」，他被瑞典皇家科學院諾貝爾評獎委員會授予諾貝爾文學獎。帕斯捷爾納克在收到電報後的當天即回電，表示「非常感謝，非常感動，非常自豪，非常吃驚和非常慚愧」。

　　然而，10 月 24 日，帕斯捷爾納克的「感動」和「自豪」還沒有滿 24 小時，當時任蘇聯作家協會的領導康斯坦丁・費定（Konstantin Fedin）突然來到帕斯捷爾納克的別墅，並直奔他的書房，直截了當地要求帕斯捷爾納克立即堅決拒絕接受諾貝爾文學獎。他同時威脅帕斯捷爾納克說，明天報紙上會就此事作出評論，指出諾貝爾獎金是對叛徒的犒賞。帕斯捷爾納克回答說，不管怎樣的威脅都無法迫使他拒絕人家給他的這份榮譽，而且他已經回電向

諾貝爾評獎委員會致謝了。他可不想讓人家把他看作是一個騙子。費定要帕斯捷爾納克跟他到他的別墅去，因為當時蘇共中央主管文化部的領導波利卡波夫正等着帕斯捷爾納克去給他做解釋，但帕斯捷爾納克斷然拒絕跟費定走。

同一天，高爾基文學院的領導組織學生遊行，他們高舉大幅標語，要求把帕斯捷爾納克驅逐出境。

10 月 25 日，《文學報》發表編輯部文章《國際反動派的挑釁和離間》。文章寫道「正是帕斯捷爾納克的小說從頭到尾貫穿着的反人民性，及其對普通人民的仇恨和蔑視，才博得了形形色色的社會主義敵人的熱烈喝彩……帕斯捷爾納克在那些人中贏得了『世界性的榮譽』。這些人利用任何可能的機會對蘇聯、對蘇聯的社會和國家制度進行誹謗。然而，非此即彼，要麼跟正在建設共產主義的人民走，要麼跟那些妄圖阻擋我們前進步伐的反動分子走。帕斯捷爾納克做出了選擇，他選擇了一條不光彩的、可恥的路。」《文學報》還發表了兩封信，一封是《新世界》原編委成員，包括費定、西蒙諾夫等人，給帕斯捷爾納克的信，此信注明日期是 1956 年 11 月。另一封信是《新世界》現任編委成員，包括特瓦爾多夫斯基、拉夫列涅夫、奧維奇金、費定，給帕斯捷爾納克的信。兩封信都為了強調帕斯捷爾納克的小說有思想錯誤，所以不能發表。

這一天，文學院又有幾十個大學生「自發地」進行了針對帕斯捷爾納克的遊行，他們舉着諷刺帕斯捷爾納克的漫畫，來到蘇聯作家協會的大樓前，作協書記沃龍科夫出來與示威者見面，並許諾「近日內就將做出相應的處理」。

10 月 26 日，《真理報》發表署名長篇文章，題為《圍繞文學異己分子的反動喧囂》。文章說「如果在帕斯捷爾納克身上還有一點蘇聯人的尊嚴，如果在他身上還存有作家的良知和對人民的責任感的話，他也許就會回絕這個有損他作家尊嚴的『獎賞』。但是自命不凡、忘乎所以的庸人習氣，使帕斯捷爾納克已經完全喪失了蘇聯人的尊嚴和愛國主義的情感，他的全部行為證明，他是我們這個正滿腔熱情建設共產主義光明未來的社會主義國家裏的一名異己分子。」26 日這一天，從中央到地方的所有報紙全都轉載了《文學報》刊登的有關帕斯捷爾納克的材料。

　　與此同時，美國國務卿杜勒斯（John Dulles）也就帕斯捷爾納克的獲獎發表了講話。他說帕斯捷爾納克的長篇小說《齊瓦戈醫生》（Doctor Zhivago）在蘇聯國內受到批判，不能發表，云云。有人把杜勒斯的講話向赫魯曉夫（Nikita Khrushchev）作了匯報，這無異是給帕氏的領獎風波雪上加霜，赫魯曉夫聞訊後果然大光其火，吩咐「好好教訓教訓帕斯捷爾納克」。（據最新資料表明，赫魯曉夫在下台前不久曾邀請愛倫堡到他家去，談話中赫魯曉夫對當年「迫害」帕斯捷爾納克一事表示遺憾。他說，當他後來抽空把小說從頭到尾讀完後，才明白他上了人家的當，但為時已晚。）

　　10 月 27 日中午 12 時，蘇聯作協主席團、俄羅斯聯邦作協人事局、莫斯科作協主席團舉行聯席會議，討論「作為蘇聯作家協會成員的帕斯捷爾納克與其蘇聯作家稱號不相稱的行為」。主持會議的是吉洪諾夫，報告人是蘇聯作協書記瑪律科夫。正如次日《文學報》所報道的，與會者「一致譴責帕斯捷爾納克的叛徒行為，憤怒

揭露了我們的敵人想給這個內部流亡分子冠以蘇聯作家稱號的一切企圖」。

　　會上宣讀了帕斯捷爾納克的一封說明性的信。信首先對自己沒有前來出席會議作了說明「你們的邀請收悉，本準備親自前往赴會，但鑒於那邊聲勢怕人的遊行，遂改變了主意⋯⋯」接着，他寫了為什麼他相信作為一個蘇聯作家仍然可寫《齊瓦戈醫生》的理由，寫了他是在什麼樣的情況下把手稿交給意大利共產主義出版社的，因為他不願用國內經過新聞出版審查之後的出版本作為翻譯的版本；他準備修改小說中不可能接受的部分；他原以為蘇聯作家的創作範圍要大得多，看來他估計過高了；原來心中產生的「解凍」的感覺現在看來也是空的；他希望能有「友好的批評」；他認為諾貝爾獎不光是為了他的小說，而是對他在文學創作中所做的一切。他還批駁了報紙上給他戴的許多「帽子」。他說他不認為自己是「寄生蟲」，「我沒有自命不凡，我請求斯大林允許我按自己的意願寫作⋯⋯」信的最後他高傲地宣稱：「無論什麼東西都不能強迫我拒絕人家給我的榮譽，這是給一個當代作家、一個生活在俄羅斯的、也即蘇聯作家的榮譽。至於諾貝爾獎金的錢，我準備把它捐給保衞和平委員會。我知道，在輿論的壓力下，現在會提出把我從蘇聯作協開除的問題。我並不指望你們的公正。你們可以把我槍斃，流放，以及做一切你們想做的事。我在此先原諒你們，只是你們不要太急了，這不會給你們增添運氣和榮耀的。而且，你們得記住，反正過不了幾年你們得為我平反，恢復名譽的。這種事你們不是第一次幹了。」帕斯捷爾納克預感到，有人想把他打成第二個左琴科（Mikhail Zochenko）。

10 月 28 日，《文學報》全文發表了這次聯席會議「一致」通過的決議。「決議」稱，帕斯捷爾納克的文學活動以自我為中心，閉門造車，脫離人民，脫離時代，所以早已才思枯竭。圍繞小說《齊瓦戈醫生》所掀起的一股濁流，只能暴露出作者由於思想貧乏而極度的自命不凡，是一個庸人眼看歷史不肯照他所設想的那樣走彎路，嚇破了膽而發出的悲鳴……蘇聯作家協會對待作家的創作非常慎重，多年來一直竭力幫助帕斯捷爾納克，要他迷途知返，防止道德墮落，但是帕斯捷爾納克斬斷了與自己的國家與人民的最後一絲聯繫，把自己的名字與活動拱手獻給反動派手中，成為他們的政治工具……因此，鑒於帕斯捷爾納克的道德上和政治上的墮落，鑒於出於冷戰需要而頒發的諾貝爾獎金以及帕斯捷爾納克在此事中所表現出來的對蘇聯人民，對社會主義事業、對和平、對進步的叛徒行徑，蘇聯作協主席團、俄羅斯聯邦作協人事局剝奪帕斯捷爾納克蘇聯作家的稱號，把他從蘇聯作家協會開除出去。聽到這個消息後，帕斯捷爾納克幾乎想自殺。

10 月 29 日，帕斯捷爾納克給斯德哥爾摩的安特斯·艾斯特林發了一份電報「鑒於我所處的社會對你們的獎金所賦予的意義，我應該拒絕接受我不配接受的榮譽。對於我的自願的拒絕，希望你們能鑒諒！」帕斯捷爾納克的拒絕出乎當局的意料之外，因為這筆可觀的外匯對國家來說也未嘗不是一件好事，那夥反對帕斯捷爾納克的人只是要貶低帕斯捷爾納克，使他名譽掃地，把一個桀驁不馴的靈魂變成一個百依百順的沒有意志的奴隸而已。

不無諷刺意義是，同一天的《真理報》刊載了一篇文章，報道三位蘇聯物理學家的傑出發現並榮獲諾貝爾獎的消息。當然，該文

章中有一段話也是不容忽視的,這段話強調「諾貝爾物理獎的授予是客觀性的,而文學獎則含有政治意圖」。但該文作者之一列翁托維奇事後去看望帕斯捷爾納克,說這一段話是編輯部違背作者意願強加上去的。

同一天,蘇聯共青團中央隆重集會,慶祝建團 40 周年。根據赫魯曉夫和蘇斯洛夫(Mikhail Suslov)的要求,第一書記謝米恰斯內(Vladimir Semichastny)特意在他的報告裏專門談到了帕斯捷爾納克的事,除了照搬赫魯曉夫的話,謾罵帕斯捷爾納克是「害群之馬」,「連豬都不如,竟在吃飯的地方拉屎」等等以外,他還發出了嚴厲的警告:剝奪帕斯捷爾納克的蘇聯公民權,把帕斯捷爾納克驅逐出境,同時把帕斯捷爾納克的親友留在國內,作為「人質」。他說:「帕斯捷爾納克是如此討得我們敵人的歡心,所以他們要賞給他諾貝爾獎金,而不計較他那本破書的藝術價值。這個人生活在我們這裏,卻朝自己的人民臉上吐唾沫。帕斯捷爾納克是我們國內的流亡分子,其實還是讓他真正出去,到他那個資本主義天堂去流亡的好。我相信,無論是輿論還是政府都不會設置任何障礙的。相反,他們都會覺得他離開我們國家可以純淨我們的空氣。」

10 月 30 日,帕斯捷爾納克從共青團《真理報》獲悉要驅逐他出境的消息。經過短暫的猶豫之後,他還是決定留在俄羅斯。「……我不能到國外去,即使把我們全家一起放出去,我也不能。我曾想過到西方去度假,但要我一年到頭在那兒度假,我卻是無論如何也做不到的。我需要有祖國的日日夜夜,祖國的白樺樹,慣有的不快,甚至……慣有的迫害,還有希望……我將經受自己的苦難,我永遠覺得自己是個俄羅斯人,而且真心地熱愛俄羅斯。」後

來獲悉，印度總理尼赫魯（Jawaharlal Nehru）同意擔任保護帕斯捷爾納克委員會的主席，建議為帕斯捷爾納克提供政治避難。他還就迫害帕斯捷爾納克的事與赫魯曉夫通了電話，將帕斯捷爾納克驅逐出境的動議因而擱淺。於是又建議帕斯捷爾納克簽署一份與中央領導的協議書，交《真理報》發表。信由格里姆戈列列茨律師起草（按蘇共中央的意思），伊文斯卡婭修改、潤色。帕斯捷爾納克簽了名，僅在結尾處做了一個小小的修改，同時請求寫上「生於俄羅斯，而不是蘇聯」。

10 月 31 日晚上，帕斯捷爾納克的信被送往蘇共中央赫魯曉夫處，信全文如下：

尊敬的尼基塔・謝爾蓋維奇：

　　我直接給您和蘇共中央、蘇聯政府寫信，從謝米恰斯內同志的報告中我獲悉，對我離開蘇聯「政府不會設置任何障礙」，但這對於我來說是不可能的事。我的出生、生活和工作都和俄羅斯聯繫在一起。我無法想像把我的命運與俄羅斯分開，到俄羅斯以外的地方去。不管我的錯誤有多大，也不管我如何迷失方向，我無法預料圍繞我的名字在西方會掀起這樣一場軒然大波，而我竟然會置身於這場政治漩渦的中心，有鑑於此，我已經通知瑞典科學院，我自願放棄諾貝爾獎，但是把我趕出祖國，對我來說不啻於死亡。因此，我請求不要對我採取如此極端的辦法。我可以把手放在心上起誓，我曾經為蘇聯文學作出過貢獻，而且今後仍然能為它所用的。

鮑・帕斯捷爾納克

對這封信，帕斯捷爾納克的兒子說「問題倒不在乎信寫得好，寫得壞，也不在乎是懺悔還是自我肯定，重要的是它不是帕斯捷爾納克寫的，他是被迫在信上簽名的。這種對意志的侮辱和強暴，特別使他感到痛苦，他感到自己已經是誰也不需要的人了。」

10 月 31 日在沃羅夫斯基大街的電影宮舉行了開除帕斯捷爾納克蘇聯作協會員資格的莫斯科作家全體會議。會議又對帕斯捷爾納克展開了聲討。有一位發言人說：「帕斯捷爾納克的像是和另一個叛徒——蔣介石的像一起印在報紙頭一版上的。授予帕斯捷爾納克諾貝爾獎金，這是文學上的原子彈。」還有一位發言人（波列伏依）說：「在我看來，帕斯捷爾納克實際上就是文學隊伍中的符拉索夫，符拉索夫將軍蘇聯法庭已經把他槍決了，而且全體人民對此拍手稱快。我想對待『冷戰』中的叛徒也應該有相應的、盡可能最嚴厲的懲罰。」

與此同時，在蘇共中央的「老廣場」裏，帕斯捷爾納克在跟蘇共中央文化部負責人波利卡爾波夫見面，後者通知他，已經決定讓帕斯捷爾納克「留在國內」。

11 月 1 日又是《文學報》出版的日子。這一期《文學報》整整一版，在醒目的「義憤填膺怒不可遏」通欄大標題下，刊發了一組群眾來信。同時，還登載了文學院 110 名大學生的來信及上述會議的報道。

隨後的一切，就與 20 年代起發生在薩米爾欽（Yevgeny Zamyatin）和布林加科夫（Mikhail Bulgakov）等人身上的事一個模式：手稿和已經在出版社裏的稿件（包括譯稿）全部封存，帕斯捷爾納克翻譯的《莎士比亞全集》稿也立即停止印刷，所有的合同

被廢除，劇院正在上演的劇目也停止演出，收入來源被切斷……情況繼續惡化，他與似乎是最忠實的朋友們之間的關係也變得微妙起來，他們喋喋不休的忠告、建議、教訓、惋惜，使他心煩。他企圖照老樣子生活，繼續寫點東西，譯點東西，但其實已經不可能。他已經生活在另一個時間裏了，超脫了日常的喧囂，遠離了曾經包圍過他的那些芸芸眾生。他以一種不同尋常的、永恆的眼光看待一切，包括對他的迫害，對他的可悲的不理解，他的孤獨，與那封懺悔信有關的內心的痛苦，以及他被迫拒絕接受諾貝爾獎金的事。他在給法國記者賈克琳·德·普魯阿的信中寫道：「他們千方百計地迫害我，一會兒是用毫不掩飾的恫嚇，一會兒是處心積慮的限制，但是我們不僅戰勝了這一切，而且正是這股給我們帶來痛苦和設置障礙的敵對力量為我們提供了極其巨大的幫助。因為正是它才使我們在我們的勝利中所經歷過的、所感受到的變得生動、深刻，否則，這勝利就會化成某種抽象的東西，化成空洞的高談闊論了……我真想對您説，這一切是多麼的奇妙，這一切都充滿着未來，在這沉沉的深夜，在離隨時可能降臨的大限僅幾步之遙的空間！」

大限確實已經逼近。在上述風波之後，帕斯捷爾納克僅僅活了一年半時間就溘然長逝了。1960 年 2 月 5 日，他給他的格魯吉亞朋友畫家拉多·古齊阿什維里的女兒楚古特瑪寫信。這是他生前寫出的最後一封信。在信中他寫道：「某種來自上天的力量正把我緊緊地向一個世界推去。在那個世界裏，沒有幫派，沒有童年的回憶，沒有姑娘的目光，在那個世界裏，靜謐而沒有偏見。在那個世界裏，你最終將要被首次吊起經受考驗，簡直像在可怕的法庭上一

樣，他們審判你，打量你，或是把你剔除，或是把你留下。為了要進那個世界，藝術家得花畢生的精力準備，然後在其中死而後生。那是一個用你的力量和想像構築的永垂千古的世界。」

正是懷着這樣一種超脫塵世的大徹大悟之心，帕斯捷爾納克才有可能給他的詩《諾貝爾獎金》寫下如此的結尾：

> 是的，我離地府已經很近，
> 但我仍然堅信，
> 善的精靈將制服，
> 卑劣和邪惡的小人。

不要人云亦云
——也談密勒得獎說明了什麼

　　每年年末歲終，照例有不少人在翹首以待，等着一年一度世界文壇上最後一件大事——諾貝爾文學獎得主名單的揭曉。記得 2008 年年末的時候，在獲悉當年的諾貝爾文學獎得主是法國作家勒克萊齊奧（J.M.G. Le Clézio）時，我在當年我主編的《21 世紀中國文學大系 2008 年翻譯文學》的〈序〉裏還小小地自鳴得意了一番。因為早在 10 年前我在為廣東花城出版社主編「當代名家小說譯叢」時，就已經收入了克氏的小說《流浪的星星》（*Wandering Star*）。不僅如此，我還同時收入了另一位諾貝爾文學獎得主英國作家萊辛（Doris Lessing）的作品。其實收入克氏的小說並非因為我有眼光，那是得益於南京大學的法國文學專家許鈞教授的推薦。許教授與克氏有直接往來，對克氏作品也有研究，且早就把克氏的名著《訴訟筆錄》（*The Interrogation*）譯成中文，還給過我一本。但收入萊辛的作品倒是完全出於我本人的主意。我上世紀末在香港做訪問學者，偶然從台北的《聯合文學》雜誌上讀到台灣翻譯家範文美女士翻譯的萊辛的小說《十九號房》（*To Room Nineteen*），立刻被它深深地吸引。與此同時，我對能委婉細膩、恰如其分地傳遞出原作風格的譯文也極為欣賞和佩服，所以在開始主編「當代名家小說譯叢」時，我立即找到文美女士，懇請她一定為我主編的這套「外國名家小說

譯叢」翻譯一本萊辛的小説，這就是後來收入叢書的萊辛的中短篇小説選《一個男人和兩個女人的故事》（*A Man and Two Women*）。書名取得太俗了些，但不是我和譯者的意思。

然而 2009 年揭曉的諾貝爾文學獎得主卻不僅出乎大多數人的意料，令中國的外國文學研究專家們大跌眼鏡，同時也讓我從前年的自鳴得意中清醒過來。得獎者赫塔・密勒（Herta Müller）的名字，別説是中國大多數的外國文學研究者，即使是國內的德語文學專門家，似乎也對她鮮有所知——國內對她的作品此前只翻譯過兩篇篇幅不長的短篇小説。至於國內專家編著的德國文學史，即使是最新出版的，也難覓她的影蹤。

新揭曉的諾貝爾文學獎得主出乎人們的意料，這本不足為怪，在諾貝爾文學獎頒獎史上類似例子可謂不勝枚舉。奇怪的是有些人居然就據此斷言或批評國內的翻譯家和外國文學研究家「沒有事業心」，只會「人云亦云」。[1] 對此我實在難以苟同。不僅如此，我還想説，那些在諾獎名單公佈後就立即忙不迭地跟着亂説並吹捧得主「走進了世界文學的中心，佔據了人類寫作的制高點」的人，那才是真正的「人云亦云」呢。

密勒憑什麼得獎？從有關背景介紹中我們可以知道的是，憑的是她「對政治的關注」，「對集權統治時期的羅馬尼亞給予的深刻批判」。至於她的文學成就，除了在她得獎後有位出版家説的「她的文字強有力且充滿着理性的光芒」這樣的客套話外，我們所聽

---

1. 興安：〈赫塔・密勒獲諾貝爾文學獎説明了什麼？〉，《文匯讀書周報》，2009 年 10 月 16 日。

到、所知道的實在不多。我無意貶低密勒的文學成就，我相信她在這方面一定是有些成就的，這是基於對諾獎評委們的信任。但與此同時，我更相信德國的文學研究專家，更相信我們國內的德國文學研究專家。後者儘管不在德國國內，但改革開放後中國的外國文學界的研究者到相應國家進行訪問、進行實地研究、與相關國家的文學研究專家進行面對面交流的機會之多，應該說已經到了幾乎沒有隔閡的地步。假如密勒真的如某些人所說，在德國已經進入了德國文學（且不說世界文學）的「中心」，已經佔據了德語寫作（且不說人類寫作）的「制高點」，那麼她首先一定會引起德國國內的文學研究專家、然後肯定也會立刻引起中國相關的德語文學研究專家們、甚至中國的外國文學研究專家們的關注，並進入他們的研究、譯介視野。因此，在我看來，我們國內外國文學界對密勒創作關注和研究的缺失，只能說明密勒創作的影響力此前還不足以引起他們（是否還包括德國本土的研究者？）的高度關注。至於有人斷言密勒已經「走進了世界文學的中心，佔據了人類寫作的制高點」，也不知所據何來？當然，密勒及其創作在這次獲得諾貝爾文學獎之後，那是肯定會引起德國本土的、中國的、以及世界各國的德語文學研究界、甚至廣大文學界的關注的。而這也正是諾獎評委們的目的：他們在一次又一次地製造得獎「意外」的同時，不正是在借此推行他們的某種理念麼？這種理念，有文學的，有詩學的，但顯然也不乏政治的和意識形態的。這本來無可非議，換位思考一下，如果諾獎改由我們來頒發的話，肯定也會被注入我們的文學標準和詩學理念，也會被染上我們的政治和意識形態的色彩。令人不可思議的是，有人只是從網上讀了密勒的兩個譯成中文的短篇，就底氣十足地撰文斷言，「用『詩性』來解釋她的語言風格，我看是遠遠不

殉的」。「她的語言更像在嚴酷的審查制度下，被逼迫出的一種語言策略。所以在文字中她有大量留白、隱喻或暗示。它是恐懼的詩性，也是陰鬱的哲學，它只可能誕生在那些被深深傷害過的人群中。只有被強制者扭曲的思考，才能造就這樣的文本。」該文最後表示感謝諾貝爾文學，然而理由卻是因為它「重新喚起了我對文學的愛和敬意」。[2]

其實，赫塔・密勒獲諾貝爾文學獎本來倒並不說明什麼，但是國內某些人的這種反應，在我看來，倒是說明了一些什麼。

---

2. 葉匡政：〈今年我感謝諾貝爾文學獎〉，《東方早報》，2009 年 10 月 16 日。

文學的回歸
——有感於略薩獲 2010 年度諾貝爾文學獎

關注了幾年的諾貝爾文學獎的評獎，我發現了一個「規律」：凡是在評獎結果揭曉前，媒體、公眾普遍看好的人選，往往是得不了獎的，最終的結果總是出人意料。2010 年的情況也復如此：之前媒體和公眾都普遍預測今年該輪到詩人來領獎了，譬如贏得許多中國讀者喜愛的敍利亞詩人阿多尼斯（Adonis）就是眾望所歸的人選之一，然而最終評委揭曉的得主卻是秘魯小說家巴爾加斯·略薩（Mario Llosa）。

儘管結果出乎預料，但在第一時間獲悉略薩得獎的消息後我卻由衷地為之感到欣喜，感到興奮，甚至激動。我感到欣喜、興奮和激動，但不是為略薩，而是為諾獎評委所作出的明智的選擇。因為在我看來，略薩在今年獲獎雖然有點意外，但又是情理之中的，他早就該得到這個獎了。但諾獎評委今年決定把諾獎頒發給略薩這樣一個在我看來是真正的、純粹的文學家，卻顯得意味深長，很值得肯定，因為此舉給諾貝爾文學獎注入了明確的文學因素，多少表明了一個文學獎項對文學的回歸。如果説去年把諾獎頒發給德籍羅馬尼亞裔作家赫塔·密勒帶有明顯的政治印記的話，那麼選擇略薩作為今年的諾貝爾文學獎得主其政治因素顯然大大淡化了。連略薩本

人在獲悉得獎的消息後也立即放言說，希望頒獎給他「不是出於政治原因」。

我對略薩毫無研究，對略薩的作品讀過的也不多，但他的一部長篇《天堂在另外那個街角》（*The Way to Paradise*）和一篇散文〈文學與人生〉（均趙德明譯）卻足以讓我認識略薩卓越的文學才華和他對文學的真知灼見和深刻情懷。

我至今都難以忘懷初讀略薩的長篇小說《天堂在另外那個街角》時所感受到的強烈震撼。這是一部帶有傳記性質的長篇小說，作品的主人公 19 世紀末法國後期印象主義流派繪畫大師保羅‧高更（Paul Gauguin），對於中國讀者來說並不算陌生，他的那些畫風獨特、形象殊異的印象主義傑作，是世界上許多博物館所珍藏的價值連城的鎮館之寶，但是對高更在生活中具體如何特立獨行、如何不滿當時的主流藝術中對時尚的追求而另闢蹊徑、尋求土著文化和東方色彩，我們中的大多數人就不甚了了。略薩的小說極其生動地為我們塑造出了一個堅持獨立思考和追求精神自由的藝術家形象，再現了高更毅然出走巴黎、遠渡遙遠的馬泰亞等地，脫掉文明外衣，全身心地融入當地土著人的生活和風俗習慣、並從中獲得藝術靈感的經歷和情境。小說中的高更還真的脫掉了他的所有衣服，全身赤裸地與當地土著人一起圍着篝火狂舞，甚至就在廣場邊與土著女人做愛。高更追求異國情調，嚮往原始人的神話和傳說，與土著女人真心相愛。小說詳細描述了高更與一個又一個的土著女人的相識、相愛、同居並從事藝術創作的過程，這是交織着情慾沸騰與創作衝動的過程，也是高更一幅幅傑作產生的具體背景。而給我留下深刻印象的還有略薩的創作手法：全書 485 頁 22 章，其中單數各

章講述高更的外祖母芙羅拉·特里斯坦，雙數各章講述高更的故事時用的是第二人稱。在關鍵段落作者還會與作品的主人公直接對話，從而帶給讀者一個全新的閱讀體驗——似乎讀者與作者一起親眼目睹主人公的言行舉止、思想、創作。實際上，這種創作手法還讓讀者感覺到，這部小說與其說是在展示作品主人公高更的所行所為，不如說還是在曲折地傳達作者略薩本人的所思所想。

自 2001 年起，我每年都要為「21 世紀中國文學大系」編選一本《翻譯文學卷》，至今已經編選出版了九本。2004 年我照例在翻檢瀏覽當年發表出版的翻譯文學作品時，我讀到了略薩的《天堂在另外那個街角》，立即為之震懾，當即決定把略薩的這部長篇小說（片斷）作為這一年度的《翻譯文學卷》的鎮卷之作。但緊接着我又讀到了略薩的散文〈文學與人生〉，同樣立即被之征服。這讓我起先稍稍有點猶豫，因為在同一本翻譯文學卷裏收入同一作家的兩篇作品，在此前編選的三本《翻譯文學卷》裏還從未有過。事實上，在此之後我編選出版的五本年度《翻譯文學卷》裏也沒有再出現過。不過我當時很快就決定要為略薩破例，因為這篇散文激起了我太多強烈的共鳴，與此同時我也太迫切地想讓更多的讀者與我一起分享略薩散文中無比豐富而又深刻的思想了。

略薩的〈文學與人生〉是一篇雄辯滔滔的論說文，它觸及了當前社會的一個非常尖銳的問題：在科技越來越發達、商品經濟的大潮洶湧而來幾乎佔據了現代社會的每一個角落的今天，人們、尤其是年青人越來越依賴和沉迷於視聽媒體，文學（它的載體就是書籍）會不會消失？未來的人類真的會像比爾·蓋茨（Bill Gates）所預言的那樣將只從螢幕上閱讀了嗎？這個問題與我們國家也有極其

密切的關係。2004 年 12 月 3 日中國出版科學研究所正好公佈了第三次全國國民閱讀與購買傾向抽樣調查的結果。調查結果顯示，中國國民的閱讀率呈下降趨勢，在被調查的識字的城鄉居民中，每月讀一本書的人僅為 51.7%，中國國民中有讀書習慣的人僅佔 5%。[1] 而這些被調查者對於不讀書的理由，與略薩在〈文學與人生〉一文中所提到的如出一轍：沒有時間。略薩的文章極富說服力地分析了（書面）文學的種種不可替代的功能——培養公民的批評精神、獨立思考精神、永遠鬥志昂揚的精神、以及豐富的想像力等。他更進一步分析了一個沒有文學的世界將是怎樣一個沒有教養的世界、野蠻的世界、缺乏感情的世界、無知愚昧的世界、沒有激情和愛情的世界，最後明確指出視聽媒體無法代替文學的種種功能。

在純文學作品正越來越被邊緣化的今天，在整個社會、尤其是我們的年青人正變得越來越浮躁、越來越焦灼的今天，讓我們靜下心來聽一聽略薩以上的這些聲音吧。假如略薩的獲獎能把我們的目光再次投向真正的、純粹的文學，能讓我們的文學真正擔當起它那種種不可替代的功能，能讓我們的作家和詩人為我們的讀者奉獻出更多充滿美好愛情、崇高激情的文學世界，那麼我將再次為 2010 年諾獎評委所做出的選擇叫好！

---

1. 陸正明：〈讀書的人越來越少〉，《文匯報》，2004 年 12 月 4 日。

回歸故事　回歸情節
——2008 年中國翻譯文學印象

　　本文所說的中國翻譯文學，主要指的是中國的文學翻譯家們翻譯的外國文學作品。自 2001 年起我每年都為春風文藝出版社出版的「21 世紀中國文學大系」主編一本《翻譯文學卷》，至今已經編輯了八本。這也就迫着我每年都要比較仔細、比較全面地閱讀當年發表的翻譯文學作品。中國翻譯文學首先反映的當然是中國對外國文學接受的傾向和特徵，因為我們的翻譯家們在翻譯作品時因了各種因素的影響，譬如意識形態的影響、文學審美趣味的影響，等等，必然會對打算翻譯的作品有所篩選。但與此同時，翻譯文學也為我們打開了一扇了解外國文學的視窗，在一定程度上也展示了當代外國文學的發展趨勢，儘管這種趨勢是局部的，並不全面。

　　閱讀 2008 年中國翻譯文學作品，同時也結合此前七年的中國翻譯文學作品，我得到一個粗淺的印象是：經過了一個多世紀的探索和發展，現代派和後現代文學創作似乎有開始出現疲態的跡象，一些曾經熱衷於現代派或後現代創作實驗的作家們現在正在向傳統的敘事手法回歸，轉而致力於構造一個精緻耐讀的生活故事。我們可以西班牙當代作家胡安‧何塞‧米利亞斯（Juan José Millás）及其小說〈蘿拉與胡里奧〉（《世界文學》第 3 期）為例，正如該小說譯者周欽所言，作為「68 年一代」的代表人物，米利亞斯的變

色龍似的創作手法,他的生活流寫作、無主題寫作、元小說寫作等,曾經引起讀者的普遍關注。然而,「時隔近 20 年,我們在其新作〈蘿拉與胡里奧〉裏看到了米利亞斯明顯從理論走向了故事,從追求理論探討(或演繹)的實驗到對故事情節的重視。」確實,在這部小說裏,我們看到了當今小說已經難得一見的豐富、曲折、而又動人的情節。小說懸念不斷,高潮迭起,同時又極富時代特徵:小說中男女主人公的婚姻和婚外戀都與網際網路有着極其密切的關係,而當今網路時代的電子郵件在這幕極具諷刺意味和戲劇效果的悲喜劇裏也扮演着一個推動情節發展的不可或缺的角色。米利亞斯的同胞西班牙女作家羅莎‧蒙特羅(Rosa Montero)在評價米利亞斯創作風格的轉變時所說的一句話顯然也發人深省:「回到情節,回到小說本身,回到講故事的樂趣。」

現代派與後現代當然遠沒有退出歷史舞台,在 2008 年的中國翻譯文學中我們也讀到了美國作家尤金迪斯的小說〈逼真的記憶〉(《外國文學》第 4 期)和英國作家拜厄特(A. S. Byatt)的小說〈流浪女〉(《譯林》第 6 期),兩者都致力於展示當代社會中人所面臨的無奈、荒誕、殘酷和虛幻,在敍事手法上也顯示出打破傳統方式、淡化故事情節、故意給人以一種無序的印象等後現代文學創作的特徵。但與此同時我們也發現,即使是後現代派的小說家,他們也在努力地將傳統與現代融為一爐,從而製造一個結構緊湊,情節流暢的故事。我們從拜厄特的作品中即可看出此種努力:〈流浪女〉這篇小說篇幅不長,僅兩千餘字,但通過對一位高級白領太太在國外大商場的離奇遭遇,還是講述了一個引人入勝的故事。

從某種意義上而言，當代美國作家卡佛的創作與拜厄特的努力可謂異曲同工。美國評論家們之所以給予卡佛的創作以很高的評價，就是因為覺得他的極簡主義（又稱骯髒現實主義）創作「終於帶着美國的敍事文學走出了六七十年代以約翰・霍克斯（John Hawkes）、湯瑪斯・品欽（Thomas Pynchon）及約翰・巴斯（John Barth）為代表的後現代主義超小說的文字迷宮，而找到了一個新的方向。」有興趣的讀者不妨讀一讀他的短篇小說〈軟座包廂〉《上海文學》第 5 期）。

　　2008 年中國翻譯文學中另一篇非常好看的作品是法國著名科幻小說作家皮・博爾達日的〈剁掉我的左手〉（《世界文學》第 3 期）。這是一篇緊張、刺激、充滿懸念的科幻小說，但與我們中國讀者印象中的科幻小說又是完全不一樣的科幻小說。作者把故事發生的時間挪到了未來，但演繹的社會問題卻仍然是現代的：一個窮困潦倒的無業人員「我」受其同居女友的慫恿，同時當然也是受高額金錢的誘惑，報名參加了一個名為「追逐真人的遊戲」：他得在一個名為「挨宰鎮」的一個街區從子夜呆到凌晨 5 點，同時要接受四個各持一支有兩發子彈的步槍的人的追逐。如果他能平安脫險，那他就能得到 20,000 歐元的豐厚回報。遊戲開始以後，他馬上發覺事情並不像他想像的那麼簡單，因為無論他躲到何處，逃到哪裏，那四個槍手總能找到他。危急之中，他終於醒悟，原來是他的同居女友出賣了他，因為在他出生時，他的左手就被植入生物晶片以接收密碼，這個晶片裏有他的身份、健康卡、銀行交易、購物、傳輸碼、連接碼、航空及太空旅遊、駕駛執照、上網連接等各種資訊。認識到這一點，他當即做了一個大膽的決定：剁掉自己的左

手，以抹去他在世上的蹤跡。他潛入一家住戶，在一個護士小姐的幫助下，毅然地剁掉了自己的左手，護士小姐則幫助他把剁下的左手扔進遠處的河中，讓那四個槍手誤以為他已經溺水而亡，從而放棄追殺。故事的最後，護士小姐對主人公說，要帶他去火星，因為「在那兒所有的夢想都是允許的」。

似乎是要印證我在本文開頭所說的印象，2008 年中國翻譯家也翻譯發表了諾貝爾獎得主、著名英國作家萊辛的一篇散文〈小小的個人聲音〉（《世界文學》第 2 期）。作為一名具有高度責任心的小說家，萊辛特別重視文學應負的使命，用她的話來說就是「藝術家要有擔當」。她認為：「讀小說為的是尋求啟迪，為的是拓展對人生的感悟」，為的是「了解時世」。她覺得，「小說就應該這樣讀」。在文中，萊辛大力推崇托爾斯泰、司湯達、陀思妥耶夫斯基、巴爾扎克、屠格涅夫、契訶夫等現實主義作家的作品，認為他們的小說是「19 世紀文學的最高峰」。她認為，「現實主義小說，現實主義故事，是散文作品的最高形式，遠高於表現主義、印象主義、象徵主義、自然主義或其他任何主義，也遠非它們所能比擬。」萊辛經常重讀《戰爭與和平》或《紅與黑》，但她在文中也坦然承認，她重讀這些書「不是在尋找重溫舊書的快樂」，也「不是在尋求對傳統價值觀念的再度肯定」，因為其中有很多她「也不能接受」。她要找的，是「那種溫暖、同情、人道和對人民的熱愛」，「正是這些品質，照亮了 19 世紀文學，使那些小說表現出了對人類自身的信心。」

回歸故事，回歸情節，當代外國文學發展趨勢的這個跡象也許也能對我們中國的文學創作家們提供某種啟示吧。

關注學者及其論著的學術影響力

最近讀到趙憲章、白雲兩位作者合作的《中國文學學者與論著影響力報告——2000–2004 年中國文學 CSSCI 描述》(《文藝爭鳴》2006 年第 2 期,以下簡稱《報告》),讀後感到非常興奮,因為從中我看到了中國學術界一個重要的的變化:借助最新的電腦檢索系統的檢索結果,對數以萬計的學者及其論著的被引用率進行篩選,然後以確切無誤的資料來論證學者及其論著的學術影響力。這是一個質的轉變,即從簡單地對學者論著的數量的重視轉向了對學者及其論著的學術影響力的關注。

我們國家對學者個人的人文學術成果的高度重視是在文革結束以後才開始的。此前,相關的科研人員和教師在極左路線統治下,唯恐被戴上「白專」帽子,甚至都不敢單獨署名發表論著。新時期以來,在黨和國家「繁榮科學、繁榮學術」的方針的感召下,各科研機構和高等院校採取了一系列獎勵措施,鼓勵廣大知識分子積極發表學術論著。各學校為了鼓勵教師多發表學術論著,其獎勵的力度之大,也是前所未有的:一些學校對於發表在核心、權威刊物或 CSSCI 刊物上的論文,光一篇論文的獎勵就達數千元、甚至上萬元。

與之相應的,還有另一方面的措施,譬如評定職稱也要與申請人的論著數量掛鈎。一個講師要申請副教授職稱,其基本條件就是

要有五篇以上的論文發表，其中還必須有若干篇發表在所謂的核心期刊上。上級機關下來檢查某學校或某學科點，其中一個標準也必定與該校或該學科點發表的論著的數量有關。如果數量太少，那檢查的結果就肯定不妙。

以上這些措施，無論是獎勵性的還是制約性的，對新時期以來的人文學界產生了非常積極的作用：短短二十幾年，中國人文科學領域發表的學術論著，其數量是此前 27 年所發表的相應學術論著總和的數十倍之多，甚至還不止。

然而，不能不指出的是，單純追求數量的這些措施也帶來了一些負面效應：有些學者片面追求學術論著的發表數量，或重複自己，或抄襲他人，短短幾年就炮製出數百篇論文和數十本學術專著；還有一些學者另闢蹊徑，花錢買書號、買刊物的版面，終於完成了評職稱所需的論著數，順利晉級。只是如此炮製出來的學術論著，其品質也就不難想像，對於促進學術、繁榮學術更不可能有什麼作用。

在這樣的背景下，趙、白兩位作者合作的《報告》就很值得我們重視了，因為它以簡潔明白的數字有力地證明，只有那些富有真知灼見、富有創新精神的論著，才具有恆久的生命力，才能對繁榮學術作出貢獻。

譬如，我們都感覺到在當前的中國現當代文學學術界，魯迅、胡適、周作人有很大的影響。但另一方面，我們又覺得另外一些學者，如陳寅恪、張愛玲、吳宓，他們的名字最近幾年來頻頻亮相於媒體，其影響力也應該很高啊。《報告》中的「表 3：2000–2004 年中國文學被引用超過 100 篇次的學者」通過對 CSSCI 系統論著被

引用率的檢索，給出了一個明確的答案：魯、胡、周三人的論著在此期間的被引用率分別是 4,769、1,248 和 1,042 次，高居榜首，而陳、張、吳的論著在此期間的被引用率分別是 264、202 和 123 次，與魯、胡、周三人相比，顯然存在很大差距。由此，我們可以清楚地看到魯、胡、周三人及其論著在當代中國學術界的巨大而又持久的影響力，這一事實同時也說明他們三人的論著迄今仍然是我們中國現代文學研究界最重要的學術資源和理論參照。當然，陳、張、吳的影響力也不容小看，在總共引用率超過 100 篇次的 98 名學者中，他們的排名分別是第 29、第 40 和第 68 位。

順便提一下，在這 98 名學者中，目前健在的學者其引用率較高的就要推錢理群、陳思和和陳平原了。他們的論著的被引用率分別為 290、287 和 230 次，分別排名第 27、28 位和第 35 位，超過了周揚（208 次，第 38 位）、何其芳（193 次，第 42 位）、施蟄存（179 次，第 44 位）這樣一些前輩名家。

再譬如，《報告》「表 5」對 2000 至 2004 年中國文學被引用 6 次以上的論文的統計結果也給人以很深的啟迪。在 102 篇入選的論文中，赫然在目的有黃子平的〈論《20 世紀中國文學》〉（被引 18 次）、韓少功的〈文學的「根」〉（被引 17 次）、鄭敏的〈世紀末的回顧：漢語語言變革與中國新詩的創作〉（被引 13 次）等論文。同行專家們不難發現，這些論文正是以其對文學史、文學現象、文學本質的獨特見解而被圈內人士所廣為稱道，它們較高的被引用率也正好從引用率這一角度以資料證明了學術論文獨特的個人發現和創新觀點的意義和價值。

由趙、白兩位的《報告》我還想到，其實人文科學內的其他學科也可借助 CSSCI 的檢索系統對各自學科的學者和論著做一番檢索。這樣，我們在評價一個學者及其論著的時候，就不會被表面的論著發表數量、以及一些外界的炒作所迷惑，而能對一個學者及其論著的價值作出比較全面、也比較客觀的評判。

　　當然，在強調「相對發文量而言，被引篇次更能說明一個學者的影響力」的同時，我們也不能因此就在論著的被引用率與學者的學術水準、其學術研究的意義和價值之間簡單地畫上等號。每個學科都有其特殊的情況，有的學科本身的學術圈子就不大，有的學科專業比較偏，不易成為社會公眾關注的熱點，這些因素都會影響論著的被引用率。但無論如何，在同一個學科內部，其論著的被引用率的高低肯定要比論著的數量更說明問題，這一點應該是毫無疑問的。

部長辭職與兔子寫博士論文

　　馬上又到了一年一度的博士論文答辯的高峰期—— 5 月，不由得想起前不久頻頻見諸報載的一則新聞：德國一位年輕有為的國防部長、39 歲的古滕貝格（Karl-Theodor Guttenberg），僅僅因涉嫌博士論文抄襲，在社會各方的壓力下，不得不黯然辭職。據說默克爾（Angela Merkel）很欣賞此人，但面對此事，貴為一國總理的她也只好忍痛割愛，「無可奈何花落去」。

　　此事的背後當然難免還有德國國內黨派之爭的因素在起作用。不過因當年的一篇博士論文涉嫌抄襲就能成為今日黨派之爭的有力「把柄」，且成為最終把這位部長「拉下馬」的砝碼，這至少說明博士論文抄襲的事在德國社會是被視作一件非常嚴重的事件的。相比之下，我們國家幾位涉嫌博士論文或學術論著抄襲、承擔的國家項目品質「硬傷累累」的校長、副校長們就幸運得多了，他們中至今也還沒聽說過有誰因這種事而丟了烏紗帽的。

　　由部長因涉嫌博士論文抄襲而被迫辭職的新聞，讓我又聯想到前幾年在網上讀到的一則關於兔子寫博士論文的故事。

　　故事說的是有一天，狐狸走過一個山洞口看見兔子像模像樣地坐在那裏寫作。狐狸上前問道：「你在幹什麼呢？」兔子得意洋洋地回答說：「我在寫博士論文。」狐狸又問：「那你寫的是什麼題目呢？」兔子說：「我的博士論文的題目是『論兔子可以吃掉狐狸』。」

狐狸感到奇怪：「這個題目怎麼可以成立呢？」兔子說：「我導師說可以。」狐狸又問：「你導師是誰啊？」兔子答：「我導師就在山洞裏面，你自己去問吧。」狐狸走進了山洞，卻再也沒有出來。

又一天，狼走過這個山洞口，看見兔子在寫作，於是也上前問兔子在幹什麼，兔子很神氣地告訴它自己正在寫博士論文，論文的題目是「論兔子可以吃掉狼」。狼聽了大怒，說：「這樣的題目怎麼也能通過論文的開題答辯？」兔子滿不在乎地回答說：「我導師說可以。」「你導師是誰？」狼問了狐狸同樣的問題。兔子回答說：「我導師就在山洞裏，你自己進去看吧。」於是狼也走進了山洞，不過狼同樣也再沒有出來。

此事傳開後有好事者偷偷溜進山洞想一窺究竟，發現山洞中央坐着一頭獅子，正張着它的血盆大口，獅子的面前則是兩堆白骨……

故事的結尾是一句頗似警句格言式的話：博士論文的關鍵不在於你寫的是什麼，重要的是你的導師是誰。

上述故事我看到的是英文版，是國外人家通過電子郵件發給我的，可見此故事首先針對的是國外學界的情況。不過我因為每年都要看二三十篇博士學位論文，並參加至少二十多個博士生的論文答辯，對這個圈內的情況還比較熟悉，所以讀了這個故事後倒也很有感觸，且不乏共鳴。

中國國內高校的博士論文答辯通常都由導師確定邀請參加答辯的專家名單，甚至還由導師直接出面邀請他熟悉的專家學者。此舉其實多少也有點出於無奈，因為審閱論文或參加論文答辯的費用

實在有限，與專家學者所花的時間、精力根本不成比例，所以導師們也只好動用自己的私人關係，請圈內熟悉的專家朋友「買個面子」，幫忙審閱論文或參加論文答辯。然而問題也因此而生：正因為是熟人、甚至是非常好的朋友，所以當這些朋友來擔任博士生論文答辯的評委時，一旦碰到不甚合格的學位論文時，就會感到為難了。我們這裏的導師當然不會像上述故事裏的獅子那樣對你張開血盆大口；相反，我們的導師倒是更像彌勒佛，他們一個個張着笑口，笑容可掬。於是，「不看僧面看佛面」，論文答辯委員會的成員們在面對一篇不很合格的論文時，往往也只能在「同意通過論文答辯」的欄目下，畫上一個圈。

也有專家在收到不甚合格的學位論文後會向導師表示，如果他參加論文答辯的話，他將投「不通過論文答辯」的票。碰到這種情況，導師也會採取緊急措施：調整答辯委員會的名單，另外找一個比較好說話的專家來參加答辯。與此同時向參加答辯的專家進行解釋，說明為何該論文寫得不夠好的原因：或是因為該生此前剛好得了一場大病，或家裏遭遇不幸，所以影響了博士論文的寫作；或是該生已經推遲過一次答辯，如果這次答辯不能通過的話，那他（她）就再也沒有機會參加答辯了，言外之意那就會毀了該生一輩子的前途，等等，從而博得評委們的同情。

然而事情的背後還有另一個原因也在對博士學位論文（也包括碩士學位論文）的通過與否起着頗為重要的作用，那就是一個學校的學位論文答辯的通過率是教育部有關部門判斷該學校的學位教育是否優秀的一個依據。換言之，如果一個學校的碩士、博士生在參加完論文答辯後全都獲得「通過」，那就說明這個學校的學位教學

很優秀；反之，就説明這個學校的學位教學不很優秀，甚至還比較差。在這種情況下，如果你這個答辯委員會堅守學術標準，從嚴把握答辯品質，對不甚合格的論文不予通過，那就不光是跟導師、跟學生過不去，那還是跟學校過不去了，罪莫大焉！

為了提高博士論文的答辯品質，近年來教育部有關部門也採取了一些措施，譬如規定博士生參加答辯前必須把論文送交有關專家盲審。不過力度還不夠大，現在是有的學校規定所有的博士論文都必須參加盲審，而有的學校只是隨機抽取，被抽中的論文才送交盲審，而且抽取的比例還很低。從目前的論文答辯情況看，我以為規定所有的博士學位論文在參加答辯前都必須送交盲審還是很有必要的。

另外，簡單地以某學校的學位論文答辯通過率來判斷該校的學位教學品質的做法也是需要改進的。這種做法，表面看上去似乎很合理，實質鼓勵了不負責任的答辯委員會，而傷害了堅持學術標準、嚴格把關的答辯委員會。

最後，如何一方面能讓參加論文答辯的專家學者們的勞動得到應有的回報，而另一方面又能讓他們能夠輕鬆闖過情面關，在答辯時堅持學術標準，這同樣是一個必須認真思考、需要予以解決的問題。

看來，在中國上述故事裏的「獅子」恐怕並不能那麼簡單地就能與「導師」之間畫上一個等號吧。

外語專業博士論文：
用什麼語言寫作？

　　用什麼語言寫作學位論文？這個對於絕大多數學科來說不成問題的問題，對我們外國語言文學專業來說，卻成了一個問題。因為目前的現狀是，有的學校規定學位論文必須用外語寫作，有的學校規定學位論文可以用母語寫作。這種對論文寫作語言規定的不一致反映了我們對論文寫作語言問題認識的混亂。而在我看來，更加值得我們關注和重視的是蘊藏在這一認識問題背後的其他一系列問題。

　　一、博士學位論文的寫作語言規定與國家主權、尊嚴的關係

　　目前在大多數學校的英語語言文學專業學位點，都要求研究生用英語寫作博士學位論文。但假如要問有關教師為何有此規定，那麼有關教師大多自己也說不清，往往以一句「一向如此」敷衍過去。假如我們追根溯源，就可以一直追溯到解放前的教會學校，像上海的聖約翰大學、北京的燕京大學等。當時之所以有如此規定，那是不難理解的，因為當時學校的導師多是西方人，他們不識中文，於是照搬西方大學的一套學位管理模式，硬套給在中國開設的學校。

這種規定，對於當時尚處於半殖民地、半封建境地的舊中國大學來說，也是無可奈何的事，但到了新中國成立以後，我們仍然沿用這種規定就毫無道理了。我們不妨冷靜想一想，目前世界上有哪一個國家的大學是規定用外文撰寫他們本國的博士學位論文的？除了極少數的前殖民地國家，恐怕很難找到一個國家會有這樣的規定。

　　二、博士學位論文的寫作語言規定與我們對博士生培養目標的設定之間的關係有一些教師認為，外國語言文學專業的研究生只有用外語撰寫學位論文才能顯示他們的專業特點，顯示他們的水準比其他專業的研究生高。還有的教師甚至認為，用外文撰寫學位論文就說明論文水準高，反之，就是水準低。這些觀點反映，我們某些教師在如何設定博士論文的撰寫目的上存在着一些認識上的誤區。

　　這裏的核心問題就是：我們要求研究生撰寫博士學位論文，究竟是為了訓練他們的外語寫作能力呢，還是通過博士論文的撰寫培養研究生的獨立科研能力、創新能力？我認為，無論哪個國家，恐怕都不會把前者設定為研究生撰寫博士學位論文的目的吧？博士學位論文的撰寫過程，從最初醞釀、確定選題，到廣泛收集、逐步篩選相關資料，再到一步步論證論點，直到最後完成全篇論文的撰寫，這一過程正是我們培養研究生獨立科研能力的過程。而研究生在經歷了這一全過程後，是否真正具備了獨立的科研能力，是否具有了創新的能力，這一切最終又都反映在研究生的博士論文中。因此，我們審讀一篇博士論文，我們雖然也要看他的寫作能力如何，但這不應該是我們主要關心的問題，這些能力研究生在入學之前就應該具備。

然而，當我們要求研究生用外文撰寫博士學位論文時，我們的注意力、我們的關注重心卻不知不覺地發生了轉移。由於研究生多是第一次撰寫如此大篇幅的論文，行文遣句就會暴露出不少外文寫作中才有的毛病，這樣導師往往花很多精力為研究生修改病句、糾正修辭、甚至語法方面的錯誤，而本該深入研討的論文的論述是否嚴謹、推理是否合乎邏輯、結論是否令人信服、整篇論文是否有創新等，卻反而顧不上了。

從研究生方面來說，為了避開傷腦筋的學術論著的漢譯外，他們極少、甚至根本不引用相關的中文著作，即使有的中文著作於他們的論文寫作有很重要的參考價值和意義。

三、博士學位論文的寫作語言規定與博士學位論文寫作規範之間的關係

用外文撰寫學位論文帶來的第一個負面影響表現在文獻意識上，那就是對中文文獻的忽視。不少論文最後的「參考文獻」部分中，相關的中文文獻卻非常少，有時甚至連最基本的中文文獻都沒有列上。譬如，有一本研究美國劇作家奧尼爾（Eugene O'Neill）的博士論文，它對這位美國劇作家創作的「隱密世界」背後所蘊藏的「廣袤天空」洋洋灑灑寫了十餘萬字。但是，當評委問她奧尼爾與中國有什麼關係，對中國的劇作家有什麼影響時，該研究生卻連一句話都答不上來。實在是太不應該了。

由於用外文撰寫博士學位論文，研究生的問題意識也同樣受到影響。不少論文把精力化在對外文資料的綜述上，並未能發現問題、提出問題。比較好一些的論文，雖然也能提出問題，但它們提出的問題往往游離於國內學界的焦點之外，並不是國內外國文學研

究界所關注的熱點，所迫切需要解決的問題。譬如有一篇寫得很不錯的研究柯爾律治（Samuel Coleridge）及愛倫・坡（Allan Poe）神秘主義詩歌的博士論文，作者通過對兩位詩人神秘主義詩歌深入細緻的梳理，尤其是通過對詩意神秘主義發展歷史的描述及其豐富內涵的全面審視和剖析，實際上已經觸及了當代人類社會普遍面臨的一個巨大社會問題：即隨着人類物質生活和經濟生活的日漸富足，隨着科學技術的飛速發展並在人類的生活中越來越佔據似乎是主宰一切的地位，人類生活中的詩意精神卻正在喪失。本來，如果論文作者能聯繫國內當前社會中人文精神的失落和重建等問題作進一步的闡發的話，那將是一篇非常出色的立足點高、現實性強的博士論文了。但是非常可惜，作者沒有與國內的現實問題掛上鈎。

用外文撰寫論文帶來的第三個負面影響是，它制約了論文作者的創新能力，影響了作者的學位論文意識。學位論文與一般的專著不同，它有自己的一套格式，決不是對某一個作家、某一部或幾部作品的簡單梳理和分析。我看過一篇博士論文，是寫美國南方文學的。作者引用了大量的第一手資料（有些資料還是我們國內所沒有的），對美國南方作家及其創作，一個一個進行了相當具體的評述。但我對這樣的論文評價不高，我覺得這與其說是博士論文，不如說是一部簡明美國南方文學史。然而，如果説作為一部簡明美國南方文學史它還不錯的話，那麼，作為一篇博士論文，嚴格而言，它是失敗的，因為它缺少博士學位論文的意識。

此外，更有不少研究生被外文資料牽着鼻子走，往往迷失了一個中國的外國語言文學專業博士生的立場和視角，發現不了只有站在中國文化、文學的立場上才能發現的問題。於是，他們的論文便

成了外文資料的梳理和堆砌。楊周翰教授生前曾多次強調，我們中國人研究外國文學一定要體現中國人的靈魂，但我們目前用外文撰寫的博士學位論文大多看不見這個中國人的靈魂，這是值得我們引起警惕反思的。

綜上所述，為了在學位論文的撰寫中體現我們國家的主權、捍衛我們國家的尊嚴和民族語言的地位，為了讓研究生通過博士學位論文的撰寫，得到一個比較嚴謹完整的學術訓練；同時，也為了讓研究生能在博士論文中更好地展示其開闊的學術視野、表現其積極的創新能力，我建議，除特殊情況外，一般的外國語言文學專業的博士論文應該規定用我們的母語（即中文）撰寫。

是詞典，不是法典

　　《現代漢語詞典》（第 6 版）（以下簡稱《現漢 6 版》）因為收錄了 "NBA" 等 239 個以西文字母開頭的詞語，居然遭到一百餘名專家學者聯名「舉報」，指其「違法」。消息一出，引得學界坊間一片沸沸揚揚，驚愕不已。

　　我們當然知道，《現代漢語詞典》是我們國家一本比較權威的漢語語言詞典，在我們的文化生活中具有比較大的影響。然而不管這本詞典有多麼權威，影響有多麼大，它終究只是一本「詞典」，一本語言類的工具書，而不是一本「法典」。它對你我、包括這一百餘名「舉報」專家學者甚至更多的專家學者，都沒有任何法律的約束力。《現漢 6 版》收錄了兩百餘個以西文字母開頭的詞語，你可以贊成，也可以反對，甚至撰文批評、抨擊，但要祭出法律的大旗，上升到「違法」的高度，在學術環境已經相對比較寬鬆的今天，這種「上綱上線」的做法未免讓人覺得有點「過」了。

　　詞典的編纂，表面看上去似乎只是對一些詞條的取捨、語詞的釋義等比較機械繁瑣的文字工作，其實其背後貫穿着編纂者的一種學術立場，具體如某些詞條的取捨和釋義，實際上也正是編纂者一種學術觀點的反映。所以《現漢 6 版》收錄二百多個字母詞，其根本性質也就是一個學術行為，它反映的是編纂者的一種學術立場。對此行為、對此立場，我們完全可以從學術爭鳴的層面上來展開討

論，探討這個行為的正確與否，研究這個立場的可取與否，卻沒有理由上綱上線到「違法」的高度，興師動眾予以「討伐」。這種以「勢」壓人、以「法」壓人的做法，除了令人反感以外，於問題的解決無任何益處。

至於說到《現漢6版》收錄字母詞對讀者的「引導」乃至「誤導」，那麼舉報者也應該首先去「舉報」眼下正在大量使用字母詞的報刊雜誌、廣播電視等媒體以及相關出版物，它們對讀者的「引導」乃至「誤導」可是天天都在進行着的，遠甚於《現漢6版》，他們為什麼不去「舉報」它們「違法」呢？而《現漢6版》不過是跟在它們後面（指時序，而不是指做它們的「尾巴」），對眼下這種語言現實的一種承認罷了。其實這也是《現代漢語詞典》編纂的應有之義，即對「現代漢語」使用現實中事實的承認，而不是閉眼不顧當代漢語的實際發展和變化的現實，空唱「捍衛漢語純潔性」的高調。

而漢語純潔性其實也永遠是一個相對的概念，不可能一成不變。站在孔夫子時代（甚至不用站得那麼遠）看五四時期的白話文漢語，肯定也會覺得後者不純潔。站在改革開放前的語言立場上看現在的漢語現象，當然也同樣如此。然而語言終究是要發展的，由於我們目前正處於國家一個前所未有、空前開放的時代，再加上互聯網等現代通訊科技的迅速發展，更進一步加快了我們與外界的交往與聯繫。於是外界的新現象、新事物、新概念、新表述等鋪天蓋地地襲來，讓我們應接不暇，無法立即消化，字母詞正是在這樣的背景下進入了我們現代漢語的應用領域，並為廣大群眾所接受，所應用。這是歷史使然，時代使然，是正常的語言現象。想想我們把

「德律風」、「水門汀」、「伊妹兒」轉化為「電話」、「水泥」、「電郵」用了多少年吧。所以語言文字工作者要做的就是適時地把握這個趨勢，把其中比較科學、比較合理的語詞甄別出來，甚至把它穩定下來，然後推薦給群眾。我覺得《現漢6版》現在做的正是這樣一項工作，就這項工作的性質而言，無可非議。至於具體的細節方面，諸如你認為《現漢6版》的字母詞收得太多了或是太少了，或是哪些詞不該收、哪些詞該收而未收，甚至字母詞在詞典中的位置該放在正文中還是附錄中，等等，這些問題完全可以討論，展開爭鳴，卻無關乎違法不違法的事。當然，如果《現漢6版》擺出一副以「法典」自居的面孔，動輒指責人家不用它收錄的字母詞或是用了它沒有收錄的字母詞，就「舉報」人家「違法」，那它才是真正的「違法」，因為我們國家的法律迄今為止還沒有賦予哪一部語言類工具書以法律的權力。

　　語言類工具書收入甚至照搬外來詞在國際詞書編纂中也是相當普遍的現象，諸如著名的《牛津英語詞典》，每一版都會新增許多外來詞。誠然，英語詞典對外來詞都標明了國別語種的來源出處。然而我覺得對當代漢語中的字母詞不標明出處也無傷大雅，因它們迥異於方塊字的外形，讀者一望而知它們是當代漢語中的「異類」，不會與「純潔」的漢語相混。也因此，這些字母詞無論是放在正文的後面，還是放在特設的「附錄」裏，我覺得都沒什麼問題。而作為一本當代漢語的工具書，《現漢6版》收入一些字母詞，則不僅為國內讀者在閱讀現代漢語文本時提供了相當程度的方便，甚至對國外非英語國家的漢語文本閱讀者也將帶來極大的便利。

總之，作為一本語言類工具書，《現漢 6 版》收錄一些字母詞體現了它對漢語「現代性」的關注，體現了它對當代漢語現實的事實承認，同時恪盡了工具書的功能職責，無可指責。至於它該不該收字母詞，如何掌握其中的「度」，那純粹是一個學術問題，可由專家學者心平氣和地展開討論，進行研究。把學術問題非學術化，以「法」唬人，對我們這些從上世紀六七十年代過來的人來說對此種做法並不陌生，似曾相識。只是這種「似曾相識」並不讓人感到親切。

大作家與「小人書」

　　正當近日幾家報紙先後刊出文章感歎「找譯者難」並為「今後誰來為少年兒童翻譯作品」憂心忡忡之時，我看到了海南出版社出版的火鳳凰青少年文庫中的兩輯《少年小說譯叢》，不禁一陣驚喜。

　　進入新時期以來，中國的外國文學翻譯呈現出前所未有的熱潮，一大批優秀的外國古典和現當代文學名著，或重譯，或新譯，陸續被譯介給中國的廣大讀者，有的作品甚至出版了十幾個乃至二十幾個譯本。但與此同時，外國優秀兒童文學作品的譯介卻成了被遺忘的角落。80 年代以來，除了重新翻譯出版「文革」前就已介紹過的安徒生、格林兄弟的童話、凡爾納的科幻小說等比較有限的一些作品之外，其餘似乎就乏善可陳了。在這種情況下，專治中國現當代文學批評的著名學者陳思和教授，竟能在其繁忙的學術研究之餘，關注少年兒童的精神食糧，推出如此一套內容精彩、引人入勝的「火鳳凰青少年文庫」，尤其是還別具匠心地組織了兩輯「少年小說譯叢」，實在令人欽佩。

　　陳教授關注少兒文學的翻譯出版，一方面固然是由於他從自身的經歷中深切體會到優秀少兒文學在青少年成長過程中的巨大作用，另一方面還由於他看到了當前中國存在着的一個嚴峻的社會問題：許多家長望子成龍心切，為孩子安排了繁重的學習任務，卻剝奪了孩子們的遊戲、幻想和看閒書時間。由於中國社會在特定階段

實施特殊生育政策，孩子們已經過早過多地進入了成人世界，從而喪失了少年兒童應有的稚趣生活。現在再把他們遨遊文學世界的權利也剝奪了，孩子們的心靈世界將會變得何等的單調和貧乏啊！我甚至擔心，真如此下去的話，我們現在這一代孩子將來長大以後，回憶他們的兒童年時代，他們很可能會像契訶夫那樣發出「在我的童年沒有童年」的悲歎了。由此可見，為少年兒童編輯一套適宜他們閱讀的優秀讀物具有何等重大甚至迫切的現實意義。

說起來，大作家關心少兒文學作品，親自為小讀者翻譯並且撰寫少兒文學作品，在中外文學史上不乏先例。魯迅就翻譯過不少外國兒童文學作品，如潘捷列耶夫（Leonid Panteleyev）的《表》等，冰心、葉聖陶等更是寫了大量的少兒文學作品，這些已人盡皆知。國外也是如此，在俄國，著名詩人普希金給孩子們奉獻出了《漁夫與金魚的故事》（*The Tale of the Fisherman and the Fish*）等優美的童話詩，托爾斯泰寫有許多專給小讀者看的故事，高爾基則專門出了一本《給孩子們》的集子；在英國，除了《愛麗絲漫遊奇境》（*Alice in Wonderland*）之外，狄更斯筆下的《霧都孤兒》（*Oliver Twist*）的奧列佛·退斯特，《孤星血淚》（*Great Expectations*）的匹普，以及作為作家自我寫照的大衛·科波菲，都是世界文學史上膾炙人口的兒童文學形象；在美國，馬克·吐溫（Mark Twain）的《湯姆·沙耶歷險記》（*The Adventure of Tom Sawyer*）、《哈克貝里·芬歷險記》（*Adventure of Huckleberry Finn*）以及《王子與貧兒》（*The Prince and the Pauper*）等作品，也都是小讀者們津津樂道的兒童文學精品……從這個意義上看，這套火鳳凰青少年文庫正是繼承並發揚了中外文學史上的一個極其優秀的文學傳統。

這兩輯譯叢，前一輯收入了英國季洛姆（J. K. Jerome）的《三人同舟》（*Three Men in a Boat*）、格雷厄姆（Kenneth Grahame）的《楊柳風》（*The Wind in the Willows*）、《黃金時代》（*The Golden Age*）、《做夢的日子》（*Dream Days*）和吉卜林（Joseph Kipling）的《叢林之書》、《叢林之書二集》（*The Jungle Book*）；後一輯則推出了季洛姆的《三人同遊》（*Three Men on the Bummel*），馬克・吐溫的女兒克萊門茨（Susy Clemens）的《老爸馬克・吐溫》（*My Father, Mark Twain*），英國金斯萊（Charles Kingsley）的《水精靈》（*The Water-Babies, A Fairy Tale for a Land Baby*），索威爾（Anna Sewell）的《黑駿馬》（*Black Beauty*）、麥瑞特（Frederick Marryat）的《新森林裏的孩子》（*The Children of the New Forest*）和奈斯比特（Edith Nesbit）的《鐵路少年》（*The Railway Children*）。這些作家都是在英美文學史上享有盛譽的大作家，大散文家，他們用他們那枝如椽之筆，為孩子們描繪出了一個跌宕起伏、奇趣盎然的文學世界。而且，不無必要一提的是，為這兩輯譯叢翻譯的幾位譯者，儘管年輕，但他們的譯筆都非常流暢，用詞淺顯，接近少兒生活的實際。我相信，這兩套譯叢一定能成為孩子們的好朋友，幫助他們找到童年生活應有的情趣。

第三編

師友雜憶

人格光輝　永存世間
——賈植芳先生去世一周年祭

　　先生走了，走得很突然。我清楚地記得，去年的這個日子，即農曆大年初二（西曆是 2008 年 2 月 8 日），我照例是和內子曼娜（先生總親切地稱呼她「小金」）一起要上門去給先生拜年的。這已經是我們好多年來每年春節生活中的「固定節目」了：年前我總是與思和先約好，我們兩家一起於大年初二去給先生拜年，同時在先生家一起吃個午飯。但這次我事先打電話過去，卻獲悉先生不在家，住進醫院了，我聽了不禁一怔。於是年初二一早我就與內子趕緊打了個的趕往醫院探望。進得病房，先生還睡着沒醒，陪在一旁的先生的侄女桂芙把他推醒。先生見我們來了，顯得很高興，興奮地講了不少話，問我最近又去哪裏開會講學。他把上海作協新出的一套小說叢書拿出來給我們看，還要內子挑幾本帶回家去看。桂馥告訴我先生其實並無大病，之所以住到醫院裏來，主要是看中這裏比較暖和，另外醫療條件也有保證，萬一有什麼不適，隨時叫得應。桂芙說他們打算等天氣轉暖和些就出院回家。我看先生的臉色、神氣，也確實不錯，紅光滿面，講話的聲音也依然是那麼洪亮，所以倒也放心不少。臨走前先生還與我開玩笑，說要我請他上飯館吃飯，我說「好，待您出院後我們就去。」然而我們怎麼也不曾料想到，我這句話竟然成了一張永遠也無法兌現的「空頭支票」。

3月底4月初時，先生的身體情況好像還很正常，沒什麼異樣，但4月22日清晨，6點剛過，我還未起床，突然響起了電話鈴聲。我拿起聽筒，只聽見聽筒那頭先生的養女桂英帶着哭音對我說：「謝老師，先生不好了，你趕快過來看一看吧！」我聽了大吃一驚，趕緊起床，匆匆漱洗完畢，就在大門口攔了個車趕往醫院。到了醫院，只見先生的情況的確很怕人：雙目緊閉，鼻孔塞着氧氣管，嘴張得很大，大口大口地喘着氣，胸口一起一伏，顯得很吃力，一旁的支架上吊着葡萄糖鹽水瓶。桂英湊在先生耳朵邊大聲說：「謝老師來看你啦！」但沒有什麼反應，眼睛似乎睜了一睜，但終究沒有睜開。我對桂英說：「不要叫了，就讓先生靜靜地躺一會兒吧。」我發現先生的肚子顯得很大，桂英說醫生懷疑先生是腸梗阻，但因為前不久剛裝了心臟起搏器，所以不能開刀。看着先生上氣不接下氣地吃力地喘氣，我們在一旁看着的人也都很難受，但又幫不上忙，只能在心中暗暗祈禱上蒼保佑先生能儘快度過這個難關。因為那天正好是我們高翻學院研究生考生入學口試，我必須參加，所以8點多我也就只得匆匆離開醫院回學校了。下午4點多，口試結束，我立即給醫院打了個電話。桂英告訴我，作家沈善增先生來過了，沈先生對氣功頗有研究，他給先生發功，似乎有些效果：先生放了幾個屁，還有了想如廁的感覺，這說明上下通了。聽了這個消息，我心中寬慰不少，心想先生這一輩子捱過了不少人生的難關，現在這個難關最終應該還是能捱過去的吧。

　　4月24日下午3點多，我在復旦光華樓會議室參加一個文藝學研討會。我和上海師大的孫景堯教授剛剛發完言不久，突然接到宋炳輝從醫院打來的電話，稱先生現在的情況很不好，如果走得開

的話，希望我能立即去醫院。景堯在一旁聽了也非常着急，我們於是一起向主持會議的朱立元教授打了個招呼，便急匆匆地離開會場，由景堯自己開車，直奔醫院。

趕到醫院，先生的病房裏裏外外已經站滿了人，約有二三十個。大多是先生的學生，或學生的學生，也有幾個是報社的記者，表情都很凝重。醫生和護士緊張地一會兒進，一會兒出。我穿過人群，擠到先生的病床前。桂英看見我，便湊到先生耳朵旁邊說：「謝老師來看你了！」我也湊上去大聲叫了兩聲「賈先生！賈先生！」但是都沒有反應，只見先生閉着雙眼，非常吃力地、甚至不無痛苦地大口大口地喘着氣，床頭上監護器螢幕上的綠色波線則不停地在忽高忽低地躍動，顯示老人正在和病魔作最後的抗爭。病房門口的走廊裏，剛從北京特地趕來的李輝告訴我說，他中午剛到時與先生說話先生還有反應，眼睛也能睜開，似乎還有一點交流，但2點以後先生的眼睛就睜不開了，跟他說話也沒有了反應。5點半多，王生洪校長又一次來到病房，據說他一直就在醫院守着，他關切地聽桂英和桂芙對先生病情進展的介紹，寬慰了她們幾句，然後又對陪同在一旁的思和關照了好些話。

人越來越多，大多是聞訊趕來的各個時期的賈門弟子和陳（思和）門弟子。連遠在蘇州的范伯群教授也不顧自己年事已高，聞訊後立即要了輛車，急切地往醫院趕來。大家都已經不說話了，默默地看着醫生和護士不斷地進進出出病房，心中一邊在暗暗希冀奇跡的發生。但另一邊，根據醫生護士的表情也理智地意識到，也許最後的時刻就要到了。突然，傳來桂英、桂芙以及一些女同學在病房裏的哭聲，隨即又聽到了孫正荃老師的朗朗聲音：「先生，您走

好！先生，您走好！」我下意識地看了一眼手錶：六點三刻。有好幾個人急着擠進病房，想與先生作最後的告別。病房裏顯得有些忙亂，我沒有立即走進病房。我站在電梯口走廊的窗戶邊，望着窗外城市上空漸漸降臨的暮色，強忍已久的眼淚這時不由分說地奪眶而出。我突然意識到：對我人生道路產生最重要影響的一個人已經離我而去了！我感到悔恨：因為近一年多來，由於教學、會議、講學、趕稿等各種各樣的原因，我去看望先生的次數比以前少了很多，心裏總想自己離先生這麼近，隨時隨刻都可以去看先生的，先生也永遠會怡然地坐在他書房的藤靠椅上，手中拿着一本書，等着我去跟他說話。然而從現在起，我卻再也看不到先生了！我再也聽不到先生那爽朗開懷的笑聲、那風趣幽默的話語、那充滿睿智的評點、那語重心長的叮嚀了！遠處天邊有一朵小小的雲彩正漸行漸遠，那是先生不朽的靈魂正在向天堂升去麼？暮色漸濃，但先生的音容笑貌、他支着拐杖禹禹而行的身影，以及我與先生相知、相識、聆聽先生教誨的往事，卻猶如電影中的畫面，一個接一個，無比清晰地浮現在我的腦海中。

與先生交往，首先感受到的是他的平易近人，平等待人。先生是名聞海內外的著名作家、翻譯家、中國現代文學研究的權威，但你與他交往時從來也不會覺得他有一絲一毫的名人、大學者的架子。如果你為他做了點事，哪怕是一件微不足道的小事，他都會放在心上，而決不以名人或長輩自居，覺得享受人家對他的幫助或效勞是理所當然的。我與先生建立起比較經常和深入的交往，也正是由一件小事開始的。1985 年 9 月，香港中文大學舉辦比較文學研討會，邀請海峽兩岸的比較文學學者，包括十多名大陸學者參加。

這是改革開放以來國內人文學界第一次有這麼多的學者同時走出國門、參加在海外舉行的學術會議。國家教委（現教育部）對此非常重視，專門把這十幾名學者組成一個代表團，由時任高教一司的司長蔣妙瑞先生（後任中國駐美大使館公使銜教育參贊）和外語處處長楊勛擔任領隊，委派先生擔任代表團團長。當時各學校和單位的經濟條件沒有現在好，不可能為大家都提供直飛香港的機票，所以規定大家先到深圳集合，然後由深圳過羅湖海關，再搭乘火車去香港中文大學。考慮到先生年事已高，特准其直飛香港。但先生的獨立行動及生活自理能力不是很強，需要人照顧，我於是表示可以全程陪同先生，同時負責照顧先生在港期間的生活起居。然而好事多磨，申辦赴香港開會的手續比出國要複雜得多，好不容易我和其他代表都先後拿到了各自的簽證，偏偏先生的簽證老是沒有批下來。當時國門初開，有一個出境的機會極為難得，先生很體諒人，所以一次次地對我說：「你不要等我了，你管你先去吧，我自己會來的。」而我既然已經承諾在先，當然也不會棄先生不管而顧自赴港開會的，所以我也一次次地安慰先生說：「不用擔心，我會等你的。」後來我們一直等到距開會只有一兩天的時候，思和專門從上海飛到北京去把先生的簽證取來，這才圓滿解決了先生赴港開會的事。先生事後對我說：「如果你一人先去了香港，那我一個人是不會再去開這個會的了。」香港回來後沒幾天，先生打電話來邀我去他家吃午飯。我原以為這大概是先生正好要招待他的朋友或其他什麼人，順便讓我也去一起去吃飯的吧。誰知到了先生家裏，一看只有我一個人，我這才明白，原來先生是特意準備了這頓午飯來專門答謝我對他赴港開會的照顧。我很感動，因為陪先生赴港開會於我來說其實並不需要付出特別的精力和心思，至多也就是每天陪着他

從我們下榻的賓館走到會場，然後在會議結束後從會場走回賓館罷了。相反，我倒還因此沾了先生的光：先生有一批解放前留在香港做生意的老朋友，幾十年不見，獲悉先生來香港開會，特地在一家非常高檔的大酒店設宴招待先生，與他敍舊。我因為要陪先生，也就有幸忝陪末座，我也因此生平第一次走進如此豪華的大酒店，第一次嘗到了以前只在小説中讀到過的魚翅、鮑魚等山珍海味。但先生不這麼看，他覺得你照顧了他，他就要設法有所表示，甚至回報。這也是先生做人的一個基本準則。

先生的平等待人並不限於我們這些與他有共同專業的人士之間。有一次內子幫我去先生家還書，結果回來後她告訴我，先生與她談了一個多小時，談得津津有味。這讓我非常驚訝，因為內子是高分子專業，與我們這些搞文學的簡直沒有任何共同語言，但先生就是有這樣的本領，他與各行各業的人都能談得來，還能與他們交朋友。在先生家的客廳和書房裏，你不僅能見到來自香港、台灣、日本、美國等海內外、國內外的著名作家、詩人、學者，你同樣也能見到一些非文學專業的人，見到普通的工人師傅、小男孩，等等。先生對他們都一視同仁，都同樣熱情地接待。我們好多次在先生家吃飯，那位工人師傅都與我們同席。那個小男孩更是有趣，他把先生家就當作他自己的家了，下午三四點鐘放學不回自己的家，徑直走進先生家的廚房（先生家的廚房門永遠是敞開的），大聲叫嚷着：「我肚子餓了，給我做碗麵吃！」先生也就趕緊讓桂英或師母給他做面。先生種平等待人的態度折射出的是他內心深處對每一個人的關愛，對每一個生命的尊重。

先生一生坎坷，坐了四個朝代的牢，一生最寶貴的歲月都是在監獄裏度過的，所以他一生在物質上其實並沒有富裕過，然而他對物質生活、對金錢，卻看得很淡。他有一種快樂的金錢觀，他經常對我說：「小謝，我剛到上海的時候，身上只有八分錢。到現在這八分錢還沒用完呢。」說完後爽朗地哈哈大笑，言下之意，現在能過這樣的生活，能有這麼點錢，都已經是白賺的了。所以我與先生交往二十多年，從來沒有聽他說起錢的事。特別是在他晚年，與日漸上漲的物價和他的家庭開銷相比（除日常開銷，他還要支付一個全職保姆的工資），與我們這些後輩的工資收入相比，他的退休工資就顯得相當微薄、甚至很不合理，但我也從來沒有聽到他對此有所抱怨。他仍然一如既往，永遠是那麼的樂觀，開朗，豁達。

　　儘管並不富裕，但先生對朋友、對學生，卻是極其慷慨大方、從不吝嗇的。我聽先生說過一件往事：解放前他還年輕的時候，和一幫朋友都還在上海灘上奮鬥打拼。他靠寫文章、譯書賺些稿費，黃永玉、方成（那時他們也還都是小青年，也還沒成家）靠給報紙畫畫賺點錢。相對而言，他賺的稿費還比他們畫畫的錢多一點。有一天黃、方兩人來到先生家，但家裏沒有什麼可吃的，於是師母便悄悄地把一件大衣拿到當鋪裏去當了，換回幾個錢，然後買了陽春麵、豬頭肉回來，讓大家飽餐一頓。80年代復出以後，先生仍然是這樣的作風，朋友、學生也都喜歡上他家去，高曉聲、孫立川等，都在先生家住過。其中接連有好多年，幾乎每個星期五，我和思和，還有宋炳輝、張新穎、張業松等年青人，都會在先生家午餐。為了讓朋友、學生吃得好，先生還特地讓桂英和他先生去專門進修了廚藝，家裏還專門添置了圓檯面和轉盤。台灣詩人羅門、林

耀德 80 年代初訪大陸，他們先到北京等地，後到上海拜訪先生，並在先生家與我們一起共進晚餐。飯後他們對我們說，這是他們在大陸吃到的最好吃的一頓飯。美國的李歐梵教授也喜歡到先生家來吃飯，與先生聊天。90 年代初，李歐梵先生好像正在為撰寫一本關於現代主義的書來上海找資料。有一天晚上，他來先生家晚餐，先生約我作陪。飯後送別時李歐梵教授對我說，聽賈先生講話，很過癮，對他了解三四十年代的老上海，很有幫助。

說到吃飯，我還想起一件趣事：有一次先生請伍蠡甫先生夫婦吃飯，也是讓我作陪。我因為經常在先生家吃飯，所以吃飯時並沒有什麼顧忌，想吃什麼就夾什麼菜吃。伍先生見狀大吃一驚，說：「你是真吃啊？」我們聽了都大笑，因為先生請人吃飯，都是很真誠的，真心實意地希望客人吃好、喝好，所以大家從來都是暢開懷喝酒，無拘無束地吃菜的。伍先生是老上海老派作風，就像我的父母從小教育我的那樣：到人家家裏吃飯切不可放開吃，夾菜就夾在自己面前的菜，不可夾自己對面盤子裏的菜。出去做客到人家家裏吃飯，最好先在自己家裏吃點東西墊底，免得到人家家裏吃多了，吃相難看，等等。

儘管並不富裕，先生在還有一件事上也是出手非常大方的，那就是買書和贈書。80 年代曾經內部發行過一套裝幀豪華的線裝本《金瓶梅》，定價要好幾百元，相當於先生好幾個月的工資，但先生毫不猶豫就買下了。我每回到香港去開會，先生總會開出幾本書的書名，要我到香港去幫忙代購。香港的圖書比內地的圖書要貴好多倍，但先生從來不考慮這個問題。他買書時大方，贈書時也同樣大方。每逢先生有新出版的書，他總要買下好幾百本書分別贈送給

朋友和學生。有時候並不很熟悉的人正好到他家去，他也會熱情地把剛出版的新書簽上名贈送給大家。國內圖書的稿酬普遍都不怎麼高，所以我對桂英說，像先生這樣買這麼多書送人，恐怕他的稿酬還抵不上他的買書錢呢。但先生從來不計較這些。與此形成鮮明對照的是，他為改善家裏的物質條件花錢時卻顯得很「小氣」：一台16寸的彩電，還是1985年與我一起到香港開會時帶回來的，一直看了十多年後才換了一台21寸的。洗衣機、空調等，也都是在他晚年的最後幾年時才添置的。而早在八九十年代，他好幾次出國回來，都擁有買這些家用電器的「指標」（當時都是極其難得的緊俏商品），但他都讓給人家了。對物質生活，先生從來就沒有什麼高的要求。

先生更關心的是國內高校的人文學科建設，更關心的是學生的學業以及他們的學術成就。他是文革後中國大陸最早大力宣導比較文學教學與研究的老一輩學者之一，與北京大學的季羨林、李賦寧先生等南北呼應，有力地推動了比較文學在中國大陸的重新崛起。孫景堯、盧康華兩人相互本不認識，是在先生的熱心牽線撮合下，才分別從哈爾濱和南寧來到上海先生的書房，攜手合作，推出了中國大陸第一部比較文學專著《比較文學導論》。同樣，也是在先生的積極聯繫及推薦下，加上先生的老友、時任浙江文藝出版社總編的夏欽翰先生的支援，中國第一本比較文學雜誌《中國比較文學》於1984年在浙江文藝出版社正式出版。先生對這本雜誌非常重視，多次對我說，看一門學科是否確立，有三個標誌：第一是是否有本學科的理論專著，第二是有沒有走進大學的課堂，第三是有沒有一本自己的專門雜誌，關照我一定要認真把這本雜誌辦好。他

不僅自己為雜誌撰稿，還寫信約胡風這樣的著名作家為我們這本新創刊的雜誌寫稿。與此同時，他還經常為雜誌薦稿。

其實，在先生家裏吃飯並不是單純的吃飯聚會，更多時候它更像一場小型的學術聚會。一起吃飯的也不限於我們幾個常客，經常還有報社、雜誌的記者，出版社的編輯，以及外地來上海出差專門來看望先生的專家學者，等等。因此，飯前，飯後，甚至在吃飯過程中，談話的內容也大多離不開學術研究。我們或是聽先生講文壇往事以及先生自己的傳奇經歷（我曾把先生在 50 年代上海提籃橋監獄裏邂逅邵洵美的故事轉述給樂黛雲、饒芃子教授聽，她們聽了也非常感慨，唏噓不已），或是彼此交換學術資訊，暢談各自的研究計劃。我和思和給台北業強出版社主編的幾套叢書，如「外國文化名人傳記叢書」和「中國文化名人傳記叢書」等，就都是在先生的書房和飯桌上醞釀成熟的，這些叢書給我們的青年教師、博士生們提供了練筆的機會，也給他們走上學術研究的道路提供了一個良好的開端。先生儘管年事已高，但他的思維卻仍然非常活躍，學術視野開闊，經常會給我們出一些好的點子。正是在他的建議下，我翻譯出版了《普希金散文選》，任一鳴翻譯出版了《勃留索夫日記鈔》、宋炳輝翻譯出版了《伍爾芙日記選》，等等。朱靜教授也是接受了先生的建議，把紀德的《訪蘇歸來》重新翻譯出版，贏得了讀書界的注目。我本人關於翻譯文學、翻譯文學史的思考，更是得益於先生的許多教誨，包括具體指點我去閱讀陳子展的《中國近代文學之變遷》和王哲甫的《中國新文學運動史》，從而使我對中國的翻譯文學史概念的形成、發展過程有了更加深刻的認識和了解。

先生晚年最高興的事就是看到他的學生們、晚輩們有新的科研成果出版、發表。每次當我把我新出的某本書給他送去時，他的興奮之情簡直比他自己出了一本新書還高興。他對學生、對晚輩的這種關愛是由衷的，發自內心的，為此他在晚年不遺餘力地為他的學生、為晚輩們的科研成果寫序，目的就是為了讓學生們、讓晚輩們能早日在學術界脫穎而出。而讓我感動的是，先生在為我們這些晚輩和學生的著作寫序時，從不居高臨下，而是持一種非常謙和的心態。正如他在為拙著《譯介學》寫序時所言：「寫序雖然花掉了我不少時間，我卻是樂此不疲，因為我覺得為中青年朋友的著作寫序，實際上也是一個與中青年學者交流思想的很好的機會。在寫序的過程中，我也從他們的著作中掌握了不少當代學術界的新資訊，看到了不少新思想，也學到了不少新知識。」不難發現，平等待人的思想實際上體現在先生行為的所有方面。

　　先生走了，不過我覺得先生沒有走遠，他仍然在我們身邊。他的音容笑貌，他的崇高品格，他對我們的無私關愛，將永遠留在我們心中。

寫於 2009 年 1 月 27 日農曆正月初二

方重與中國比較文學

　　很早就聽說了方重先生的大名，但很晚才有機會拜識並當面聆聽方先生的指教。上世紀 60 年代上半期，那時我還是一名在上外（當時為上海外國語學院）求學的本科生，當我和同學在晚餐後一起在校園散步時，經常會看見有一對年長夫婦挽着手臂從校園走過。說他們年長，其實也不過 60 歲左右的樣子。那女的皮膚略顯黝黑，稍胖一些。男的中等身材，皮膚白淨，頭髮有點花白，戴着眼鏡，人較清瘦，但精神矍鑠。我不大看見他們倆相互講話，也不大看見有人與他們招呼，他們只是慢慢地散着步，神色淡定，給人一種超然物外的感覺。有同學告訴我，那位戴眼鏡的老先生就是大名鼎鼎的國內絕無僅有的中古英語專家、著名的喬叟漢譯、陶（淵明）詩英譯翻譯家方重先生，是當時上外最高級別（二級）的教授。然而不久，文化大革命爆發，上外第一張「重磅炸彈」式的大字報，鋒芒所向，即是指向所謂的「反動學術權威」方重先生的。一時間，批方先生的大字報鋪天蓋地，高音喇叭裏的吼叫聲震耳欲聾，正可謂是「烏雲壓城城欲摧」，形勢極其緊張。然而，傍晚時分，我還是經常看見方師母挽着方先生的手臂，相互依偎着，慢慢地從校園走過。步履仍然是那麼的沉穩，神色依然是那麼的淡定，超然物外……

再次見到方重先生已經是上世紀 80 年代的事了。那時我已結束了 11 年的中學教師生涯，重新考回上外讀研究生，接着就畢業留校，在上外剛建立的外國語言文學研究所工作，而外國語言文學研究所的所長即是方重先生。

不過儘管方先生是所長，其實他不大到所裏來，主持研究所日常工作的是常務副所長廖鴻鈞教授。廖先生為人寬厚，對方先生又相當尊重，所以這段時間是方先生晚年心情最輕鬆、最愉快的時光，看見他時總見他臉帶笑容。

那時《中國比較文學》雜誌已經創刊，方先生是副主編。作為所長，方先生對研究所的事並不太過問，但作為副主編，他對比較文學雜誌倒是特別的關心，所以每次來研究所，他總會到編輯部坐坐，跟我們編輯部的幾個年輕人「隨便談談」。方先生的經歷其實非常豐富，早在 1923 年就負笈美國，在斯坦福大學（Stanford University）及加州大學（University of California）跟從國際著名的喬叟研究權威學者塔特洛克教授等從事英國文學及語言研究，並先後獲學士、碩士學位。1927 年回國後，相繼執教於中央大學、武漢大學，擔任英語系主任及教授等職。第二次世界大戰後期，他又應英國文化委員會之聘，赴英國劍橋、倫敦、愛丁堡等大學以及比利時布魯塞爾等大學講學。1947 年冬回國後，分別在浙江大學、浙江師範學院、華東師範大學、復旦大學等校任教授，1957 年春又從復旦大學調至上外工作，任英語系主任。但是他在跟我們談話時從來不談過去的事，無論是當年那些輝煌的出國留學、講學的經歷，還是文革時期或之前的不愉快往事，他給我們講話時一是肯定研究所把比較文學列為研究重點，覺得這樣做避免了與校內各系的

外國文學教學與研究的重複，而且比較文學長期以來在國內是被忽視的，現在重新開始研究很有必要，也很有前景。另外他總是提醒我們，研究比較文學不那麼容易，要花大功夫。

對方先生所說的研究比較文學要花大功夫的話，一開始我們的體會並不是很深的，但後來我們拜讀了他寫於 1931 年的長篇論文《十八世紀的英國文學與中國》後，就具體認識到了什麼叫「花大功夫」。這篇文章寫的是 18 世紀的英國文學與中國的關係，但方先生卻是從 16 世紀開始寫起。從 16 世紀一位教授所著的《英國十六世紀的航海業》一書中所透露出來的對「震旦古國」（中國）的夢想與尋求，到 17 世紀許多耶穌會徒的書信對中國的描述，一位英國散文家波頓（Robert Burton）在《憂鬱的分析》中對中國的想像（「一國的人民，知禮，順從，曉達，和平，安靜，富足，繁盛，和睦，互助，有肥沃之農田、稠密之城市」，等等），以及 17 世紀後期英國舞台上上演的中國題材的戲劇，探幽着微，追根溯源，把引起 18 世紀英國與中國發生關係的幾個重要步驟、也是歷史背景一一交待清楚，然後才切入正題。

至於進入正文之後，方先生論文中引述材料之豐富，分析之精闢，那就更是令人歎為觀止。他首先從 1711 年開始發行的《旁觀報》中找出當時主要的散文家司蒂爾・愛迪生的一些關於中國的文章，如他用遊戲文字杜撰的中國皇帝給羅馬教皇的信，他推崇中國以孝為本的短文，以及他純屬想像、以中國為背景的虛構的《一篇洪水以前的故事》等。然後又引述 18 世紀英國著名的詩人蒲伯文章中涉及中國的文字，如蒲伯發表在《守護報》上推崇中國式花園建築的文章等。

《魯濱遜漂流記》是中國讀者人人都耳熟能詳的故事，但方先生卻從該書的第二部中發現了作者笛福記述魯濱遜由荒島歸來取道中國回國的一段描寫，儘管這段描寫更多着墨於中國人的負面。不僅如此，方先生還挖掘出笛福的另一部鮮為人知的作品《新路程環遊世界記》和文章《團結者》，前者講到在中國沿海貿易，看見許多古怪醜陋的中國人；後者是一篇諷刺作品，假託一個作者乘着一輛有翅翼的飛機，名為「團結者」，從中國飛升月球，敍述中國及月國的社會、政治及文藝，與歐洲的情況作比較研究。方先生指出，這篇文章實際上是順應當時英國社會的趨勢，用中國做陪襯，而行「抨擊歐洲社會」之實。

　　假借東方人的語氣或中國題材的故事批評西方社會的作品，並不止於笛福，還有譯自法國法學家孟德斯鳩（Montesquieu）的《波斯通信》、法國作家阿雄（Marquis D'Argens）的《中國通信》、法國作家基勒脫（Thomas Simon Guellette）的《中國故事》、以及法國耶穌會徒杜哈德（Du Halde）的《中國全記》，等等。這些著作「出版之後，一時英國文藝界的空氣充滿了中國的色彩。不但是文藝界，全社會都受了中國的洗禮……竭力推崇中國的文化。」

　　這篇文章在材料搜求和梳理上所花功夫之深，實在令人驚歎。文章以更多的篇幅還描述了元雜劇《趙氏孤兒》自法國而至英國的過程和其中的變化，以及哥爾司密士（Oliver Goldsmith，現通譯哥爾斯密）在其《中國通信》（後改名《世界公民》）中對中國故事的改造。但方先生的文章並不僅僅停留在材料的鈎沉和搜求上，而是通過這些材料的比較分析，透視當時社會的心態：「總結三篇比較的結果，我們可以說，哥氏與伏爾泰同是把社會做鵠的，而中國

原本是洩露個人及個人的心。前者是借這段記事來糾正習尚，後者引一篇『奇跡』寄喻人生。所以研究比較文學，最大的興趣恐怕就在看到相同的材料經過不同的手術，其結果跟從民族精神的不同而表現各種不同的藝術。」

方先生寫這篇文章時還不滿 30 歲，但這篇文章表現出來的深厚的學識、開闊的視野，即使在將近半年世紀之後，仍然令我們佩服不已。所以當時我們都很驚訝，他為什麼沒有沿着比較文學的路走下去。記得我們好像也向他提過類似的問題，但他笑而不答。顯然，這個問題的背後涉及的問題太複雜了，他不便多講。方重先生後來的重心顯然轉移到了翻譯上。在這一領域他所進行的學術活動和所取得的成就不光獨步國內譯壇，而且也令國際學界為之矚目，這就是他所從事的喬叟作品的漢譯和陶淵明詩文的英譯。從某種意義上而言，這也是方重先生作為老輩學者對中國比較文學一個特殊貢獻。

方先生是第一個把喬叟（Geoffrey Chaucer）作品翻譯成中文的翻譯家。早在 1943 年，他就翻譯出版了《喬叟故事集》。此書後來經不斷修訂、補充、整理於 1962 年出版兩卷本的《喬叟文集》，並在文革後重版。喬叟的作品都是用中古英語寫成，國內懂中古英語的人屈指可數，方先生在着手翻譯喬叟的作品之前，已經對喬叟作了十餘年的潛心研究，再加上方先生本人深厚的中文修養，所以他翻譯的喬叟作品，無論是對原文的準確理解、還是在譯文的確切表達上，都堪稱一流，甫一出版，即博得海內外學界的高度讚揚。1977 年，文革剛剛結束，美國學術會主席、國際著名喬叟研究專

家羅明斯基即飛來中國，並專程拜訪方先生，與方先生交流研究喬
叟的心得。

方重先生的陶詩英譯開始得也很早，從 1944 年起他就致力於
把陶淵明的詩文譯成英文了。方先生之所以會想到要把陶淵明的
詩文翻譯成英文，根據我所接觸到的材料，最直接的原因也許有兩
個：一是他在英美兩國訪學期間認識了一批學者，他們對中國文化
和文學確實懷有真誠的感情，並高度評價中國文學和文化在世界上
的地位。譬如，方先生在上世紀 40 年代末應邀赴英國劍橋大學三一
學院作客座教授時，三一學院的院長特里維廉（G. M. Trevelyan）介
紹他認識了自己的哥哥大特里維廉（R. C. Trevelyan），後者儘管是
位希臘文教授，但對中國的詩歌很感興趣，並且與當時已經成名的
漢詩翻譯家亞瑟‧韋利（Arthur Waley）合作，精心編選了一本漢詩
英譯的小集子 *From the Chinese*。在該集子的前面，大特里維廉寫了
一篇長序，序言中就明確宣稱：「中國文化的發展要比英國早好幾個
世紀。當我們還在半野蠻的中古時期，中國文化已登上了世界文化
的高峰。」再如，特里維廉兄弟和韋利他們在劍橋皇家學院的導師、
著名學者迪肯森（G. L. Dickinson），對中國悠久的文化遺產也極其仰
慕，還曾親自訪問過中國，且刊行了一本《中國佬書信集》（*Letters
from John Chinaman*）。在這本書裏，迪肯森沿用當年哥爾斯密所著
的《世界公民》的題材與方法，假借一名中國知識分子的語氣，詞
正語嚴地指責英國在 20 世紀初夥同西方其他霸權主義者入侵中國
的蠻橫行徑。方先生曾指出，迪肯森的這一正義的呼聲曾「哄動一
時，扭轉了當時西方思想界的一股逆流，抬高了中國數千年固有文
化的巨大形象。」

方先生翻譯陶詩的另一個原因是，他從接觸到的英譯漢詩的材料中發現，儘管這些漢學家、翻譯家對中國懷有非常友好的感情，但由於不同民族文化的隔閡，他們對漢詩的理解和表達存在着一些誤譯，就像亞瑟・韋利這樣著名的漢學家，他在翻譯陶詩《責子》中的「阿舒已二八」時，仍不免誤譯成"A-Shu is eighteen"。與此同時，他們對陶淵明在中國文學史上地位的認識也有所不足。仍以亞瑟・韋利為例，他還另外編選過一本《170首中國詩集》。在該書的序言裏，他稱陶淵明為「中國最突出的一名隱士」，但「不是有所創見的一位思想家，不過由於他別有風趣地反映了當時的社會風尚，因而不失其為一個偉大的詩人」，等等。[1]這樣的評價顯然讓方先生感到遺憾，所以他要親自動手翻譯陶詩，為的是不讓中國古代一位偉大詩人的「高風亮節」「被世人忽視，或甚至曲解。」

　　方先生翻譯陶詩的態度是極其嚴謹的。儘管他早在上世紀40年代即已開始翻譯陶詩，但他一直不肯把譯作雜誌或出版社發表出版，總「感到自己對詩人的研究還不夠深入，難於令人滿意」，總擔心譯作「不夠成熟」。50年代，因香港一家雜誌再三索稿，他「不得已從稿紙堆裏檢出幾首詩人詠菊的詩篇」，「很勉強地送刊這第一批譯稿」。發表後，他「再細讀自己譯文，頗覺譯筆有些不足

---

1. 但方先生在談到此類現象時，又表現出他一貫的寬厚，他說：「這種錯譯是由於一個外國人沒有完全掌握我國習語所致，無可厚非，是易於改正的。威利自幼酷愛文藝，對西方文學頗有研究，對英詩創作是有才華的。但在他開始投入我國古詩的選譯工作之時，年紀還輕而興趣廣泛。那時他尚未意識到我國的詩歌傳統中陶淵明所處的時代背景和詩人對後世的影響。」（參見方重《陶淵明詩文選譯・序》，上海外語教育出版社1984年版）

以表達原作的神韻和意境，一時十分懊喪。」他對自己譯作的要求之嚴，由此可見一斑。

方重先生認為：「外譯漢詩者要做好不同民族和國家之間的文化交流事業，必須先將詩人或思想家的歷史地位與生活背景搞清楚，然後認真鑽研其著作，才能譯出好作品。」具體就陶詩的英譯，他說：「中國詩史源遠流長，陶淵明的品德修養和其社會處境是有其特殊淵源的，如果讀者或譯者不夠了解，就很難真正欣賞到其詩品中的風格。」[1] 他自己也身體力行，為了譯好陶詩，他專門與國內《陶淵明集》的編選者北京大學的王瑤教授取得聯繫。與此同時，他還廣泛收集國外出版的各種陶詩英譯本，只要能買到的，千方百計地託人去買。買不到的，哪怕是借來看幾個小時也好。

方重先生於 1991 年因病去世。他生前一貫淡泊名利，從不張揚自己，極少出現在公眾場合。「閒靜少言，不慕榮利」，陶淵明寫在〈五柳先生傳〉中的這兩句話，用在方重先生身上，可謂是最確切不過的寫照了。但「桃李不言，下自成蹊」，方先生的文名及其人格魅力不脛而走，遠播海內外。自上世紀 70 年代末起，每每有國外或海外學者來上外訪問，他們首先提出想見的人就是方先生。我本人當年就曾陪同香港中文大學的李達三教授登門拜訪過他。

寫到這裏，我突然想到，我們作為方先生的後輩學人，除了追思方先生的高風亮節以外，恐怕還應該具體做些什麼事情，譬如編

---

1. 出處同上。

一套方重先生的著譯文集之類的事，這既是對方先生最好的紀念，也是對中國比較文學事業的具體貢獻。

聽季老談比較文學與翻譯

去年秋天的某一天，北京大學孟華教授給我打來電話，説前幾天他們給李羨林教授祝壽，季老問她：「謝天振和他主編的那本中國比較文學雜誌現在情況怎麼樣了？」孟華接着説：「你看，老先生想你了。你有機會來北京的話，快去看看老先生吧。」我聽了後非常激動，説：「我一定去！我一定去！」

季老是《中國比較文學》雜誌的創始人之一。1982 年我在上海外語學院（現上海外國語大學）研究生畢業留校工作後不久，即受命籌辦我們國家第一本專門的比較文學雜誌——《中國比較文學》。因為季老是雜誌的首任主編，再加上雜誌的眾多編委，如楊周翰、李賦甯、王佐良、周玨良、葉水夫、楊絳、唐弢等先生都在北京，所以那幾年我經常要跑北京。記得第一次到北京去見季老，想到馬上就要見到崇敬已久的大學者，心中不免有些忐忑。當時我的研究生導師廖鴻鈞教授就對我説：「不必緊張，季先生非常平易近人的。」果不其然，儘管那時季老是北京大學的副校長，全國人大的常務委員會委員，但我見到他卻是在北大東語系一間非常簡樸的辦公室裏。他穿着一套已經有點舊的深灰色的的卡中山裝，腳上穿着一雙黑色的圓口布鞋，説話有一點山東口音，語氣非常親切和藹，還親自為我們倒茶。他非常仔細和耐心地聽我匯報《中國比較

文學》創刊號的組稿和編輯情況，在聽的同時不時地給我們提些建議，發表些他的看法。

第一次見季先生，有一件小事給我留下極其深刻的印象：當時匯報結束以後，我對季先生說，我們找到了朱光潛先生早期的一篇很有價值的比較文學論文〈中西詩情趣比較〉，很想把它發表在《中國比較文學》的創刊號上，以壯聲色，但不知能不能請季先生幫我們介紹一下，好讓我們去見朱先生，以取得朱先生的同意。季先生表示可以，並當即拿出一張報告紙為我們寫了一封介紹信，然後把信對折了一下交給我。當我走出東語系大樓，打開季先生寫的介紹信一看，我不禁驚呆了，同時感到一陣強烈的震撼。信的內容其實很簡單，我已不記得確切的字句，大意不外乎是茲有上海外語學院的謝天振等同志前來為即將創刊的《中國比較文學》雜誌組稿，希望朱先生能夠接待一下之類的話。而信的抬頭和落款，我至今仍然記得清清楚楚。季先生介紹信抬頭寫的是「孟實吾師」（朱光潛先生字孟實，不過我當時並不知道，只是猜的），落款是「學生季羨林」。一個身居北大副校長、全國人大常務委員會委員高位、名滿學界的大學者，對他當年的老師，居然仍然如此謙恭，恪守弟子之禮，這件小事背後透露出的季先生的高尚品格讓我感到強烈的震撼。儘管現在時間已經過去了二十多年，但每當我想起這件小事，心中仍然禁不住有一陣陣深深的感動。

接孟華教授電話後不久，我正好在北京有一個會。於是利用會議間際，在一天下午，在孟華教授的熱心陪同下，我們驅車去301醫院看望季先生。

說來慚愧，這幾年我每年也都有好幾次到北京開會的機會，但每次都是匆匆來去，已經有好幾年沒有去看望季先生了。上一次還是由樂黛雲教授陪着、與饒芃子教授一起到季先生家看望他老人家的。那一次正好是季先生九十華誕之後不久，家裏還掛着好幾幅著名畫家畫的季先生的肖像畫。我記得有一幅是范增畫的水墨畫，筆墨不多，但把季先生畫得形神畢肖，躍然紙上。還有一幅是油畫，我不記得是誰畫的了，也畫得非常精彩，把季先生深沉的氣質刻畫得栩栩如生。

我們走進病房，季老已經端坐在一張小桌子後面了。雖說幾年沒見，但季老的外貌卻好像沒有什麼變化：還是像以前那樣精神，人不胖也不瘦，身板骨也依然像以前一樣挺直。更令我驚訝的是，已經 96 歲高齡的季老，他的耳朵似乎並不很背，我們分坐在小桌子的兩側，我居然不用提高很大聲音，就可以交談。於是寒暄幾句後，我趕緊拿出這次特地帶來的最近一年出版的各期《中國比較文學》，向他匯報雜誌的近況。

聽說《中國比較文學》雜誌的編輯、發行一切都很正常，還聽說我們的雜誌在美國的多家大學圖書館裏都能看到，季老明顯流露出比較高興、也比較滿意的神色。「只是，」他說：「要把中國的比較文學研究成果及時介紹到國外去，一年四期少了些，每期的雜誌也太薄了些。我們當年剛創刊時的雜誌還是蠻厚的嘛。」我趕緊報告說：「在上外學校領導和出版社領導的支持下，我們雜誌從明年起將增加兩個印張，開本也將改成國際學術期刊的開本。」季老聽我這樣說了後連聲說好。

我乘機向季老請教他對當前國際比較文學研究最新發展趨勢的看法。我說最近二三十年來，國際比較文學界明顯出現了一個理論熱，熱衷於形形式式的時髦理論，從後現代到後殖民，從女性主義到解構主義，不一而足。與此同時，還有一種把研究對象從紙質文本擴展到非紙質文本、如影視、卡通、動漫等領域的趨向。我問季老如何看待這種趨向。

　　季老先是笑了笑，指指坐在對面的孟華教授說：「國際比較文學研究，她是專家，她是專家。」接着，他沉吟了一下又說：「搞比較文學研究，就是搞文學關係研究，不能脫離文本。我當初寫《羅摩衍那在中國》，我收集了好多個譯本，我只能根據文本來說話。」

　　我說，當前國際比較文學研究中還有一個趨向，我把它稱作比較文學的翻譯轉向。各種跡象表明，當前國際比較文學界顯然越來越重視對翻譯的研究。對此，我也很想聽聽季老的意見。

　　季老說：「這個轉向好，比較文學就是應該重視對翻譯的研究。」接着他又回憶說：「50 年代時我們很重視翻譯的，尤其是翻譯批評。那時有一本雜誌叫《翻譯通報》，經常發表文章，對一些翻譯品質差的作品進行公開批評。」

　　說到翻譯，季老顯然來勁了。他一邊示意北大派來負責照看他生活起居的小楊老師到小房間裏去拿書，一邊繼續對我說：「但是現在我們的翻譯批評太少了。報紙上，雜誌上評論翻譯的文章都是一些說好話的文章，很少見到實實在在地指出問題的文章。」

我說但是報紙上批評現在翻譯水準總體下降、翻譯品質倒退的文章倒是不少，我問季老如何看待這個問題。季老的回答稍稍有點出乎我的意料，但卻使我很受鼓舞，因為我這幾年在好幾個學術會議上一直在宣傳一個觀點，即：現在差的翻譯作品數量確實不少，但我們翻譯的水準應該說比以前是提高了。拿同一本文學名著的老譯本與現在的新譯本相比，當然是認真嚴肅翻譯的新譯本，肯定是現在的品質比老譯本高。季老的話居然也是這個意思，他說：「也不能這麼一概而論。現在粗製濫譯的作品是不少，翻譯的人多了，出版翻譯作品的出版社也多了，這種情況也在所難免。但是，好的翻譯作品也不少。特別是一些名家名作，新出的譯本品質顯然要比從前的好。」

　　這時小楊老師拿來了兩本書，原來是季老前不久剛剛出版的新著《季羨林談翻譯》。季老說：「我送你們每人一本書吧。」說着便翻開書的封面，拿出一枝鋼筆，在書名頁上寫下「老友謝天振先生指正」，還非常仔細地署上姓名、日期，蓋上他的私章。讓我非常吃驚的是，季老題詞時手竟然一點都不抖，字跡清秀而雋永。更有甚者，他都沒有問我的姓名三個字該怎麼寫就把我的名字寫出來了，可見他的記憶力之好，因為我們畢竟有好多年沒有見面了啊。

　　小楊老師已經在暗示我們可以告別了。這時幸虧孟華教授提醒我說：「你不是還有事情要求季先生幫忙的嗎？」我說：「對，對，盡顧着說話，差點忘記了。」我於是對季老說，我們上海正在籌辦一本新的雜誌，刊名叫《東方翻譯》。由上海翻譯家協會與上外高級翻譯學院合辦的，想懇請季老為這本刊物題個詞，不知有無可能？季老當場爽快地答應了。不出一個月，小楊老師就請孟華教

授把季老用毛筆題寫的刊名以及專門為《東方翻譯》寫的題詞寄來了。季老的題詞是：「文化交流是促進人類社會進步和發展主動力之一，而翻譯又在文化交流中起着不可替代的作用。」

魂兮歸來
——紀念著名翻譯家傅雷棄世 50 周年

2016 年 8 月 31 日,我在《東方早報》上突然讀到陳丹燕紀念傅雷逝世 50 周年的文章,心頭猛的一震。啊,時間真快!1966 年 9 月 2 日深夜,著名翻譯家傅雷因不堪紅衛兵的凌辱,毅然選擇與妻子朱梅馥一起,棄世而去。自那時至今,不知不覺的竟然已經過去了整整 50 年了。半個世紀啊!本以為時間可以沖淡人們的記憶,時間可以治癒人們心頭的傷痛,然而,傅雷之死——一位堅守知識分子獨立人格的文化人的傲然棄世,豈是時間這抔流沙所能輕易掩蓋得了的?傅雷之死——一位百年難求的傑出翻譯家的撒手人寰給中國文學翻譯界所帶來的巨大損失和傷痛(他棄世時還不到 50 歲啊),又豈是時間這帖簡單的藥方所能醫治得了的?

陳丹燕文章中提到她和她的攝影師一起去尋訪傅雷生前居住的安定坊時聽說的一些「奇怪的事」:「在下雨天的黃昏或者傍晚,她的朋友,不只一個,都在底樓客堂前的落地鋼窗前,見到過一個老年人,有時是一對老夫婦對坐在椅子上。只要一開燈,他們就不見了。最後,連從無錫僱來的司機都看見了。她的朋友們私下裏都在傳說,這裏就是傅雷夫婦自盡的地方,他們冤魂未散。」這些「奇

---

* 　余生也晚,無緣於傅雷先生生前親受其教誨,但我奉傅雷先生為我的精神導師,故把這篇紀念傅雷棄世 50 周年的文章也收入這組「師友雜憶」文章之中。

怪的事」在唯物論者看來也許會覺得「荒誕不經」，然而我卻覺得可信，因為它們正好反映了人們對傅雷的的懷念與追思。十餘年前，我曾應北京大學樂黛雲教授之約，為她主編的一套「跨文化溝通個案研究叢書」寫一本以翻譯家為個案的書，我與當時在復旦大學從我攻讀比較文學博士學位的李小均合作、由李小均執筆，完成了《傅雷：那遠逝的雷火靈魂》。[1] 然而，在傅雷棄世 50 年後的今天，我們是多麼的希望傅雷的靈魂不要「遠逝」，希望這偉大的靈魂繼續和我們在一起，以「傅雷之死」教誨我們深刻思考如何堅守知識分子的獨立人格，以「傅雷之死」啟示我們毋忘翻譯家的神聖職責和崇高使命。

一

今年傅雷忌日 50 周年前後國內不少媒體都推出了紀念性的文章，但多數媒體的文章似乎都集中在《傅雷家書》的內容及其影響展開，這也許跟多數文章的作者都比較年輕、沒有經歷過「文化大革命」（實為「大革文化命」）的血風腥雨有關吧。對於當下許多文章的作者、更遑論廣大青年讀者，傅雷的名字給他們的第一印象他是《傅雷家書》的作者，年紀稍長一些的作者和讀者也許會知道他是羅曼·羅蘭、巴爾扎克諸多作品的翻譯家，其餘的也就所知寥寥了。倒是前不久香港鳳凰衛視一檔「鏘鏘三人行」節目中，有

---

1. 謝天振、李小均：《傅雷：那遠逝的雷火靈魂》（北京：北京出版社出版集團、文津出版社，2005）。

一位脱口秀嘉賓把傅雷之死與作家老舍之死做了比較，説「老舍之死」是「含冤去死」，而傅雷之死，用上海話來表述，那是「死給你看！」我覺得這句話説得好，它觸及到了傅雷之死的實質，因為這句上海話內含的正是對死亡的主動選擇和對現世的強烈抗議。這也就是為什麼本文標題中我不用「去世」、「逝世」之類的常用語，而特別選用「棄世」一詞的緣故：「棄世」寓含着死者生前主動選擇的意思，而「去世」、「逝世」則是表示死者客觀的生理意義上生命的結束。

其實傅雷生前早已多次透露出他準備一死的想法。1958 年他被打成右派分子後回到家裏的第一句話就是「如果不是阿敏還太小，還在唸書，今天我就……」1966 年，「文革」伊始，他也預感到自己在劫難逃，對來家探望他的友人說：「我是不準備再活的。」[2] 同年 6 月，他更是在家書中明確表示感到「身心交疲」、「來日不多」。[3] 這也就解釋了為什麼傅雷在死前的最後時刻能保持如此清醒、冷靜、安詳和周到的心態，他的遺書交代了一系列的家庭瑣事、雜事，甚至還有一些錢財金額數字，竟無一字塗改。面對死亡，可以如此的超然，冷雋，恐怕只有人類歷史上為數不多的傑出心靈才能做到，因為他們堅信自己的無辜。這不禁讓我們想起了蘇格拉底（Socrates）之死，「這個同樣是飲鴆而死的雅典人也至死都相信自己的無辜，而恰好是這『無辜』鼓舞了他赴死的勇氣。他知道，是民主的法律程式判處他死刑的，他不能為了苟活而破壞了

2.　金聖華編：《傅雷與他的世界》（北京：三聯書店，1998），頁 101。

3.　《傅雷文集‧書信卷》（合肥：安徽文藝出版社，1998），頁 643、646。

民主的程式和民主的莊嚴。但他同時也要用死去證明，真理的真正內涵並不是多數人都贊同的話語，而民主決策的結果也可能產生不良後果。正是憑着這種信念，他才在臨死之前那樣鎮定。因為死，於他而言，只是永恆的生的開始。」[4] 傅雷之死與蘇格拉底之死可謂異曲同工：飄然而去，安靜，卻又高貴。

從某種意義層面上我們也許可以說，《傅雷家書》的廣泛傳播蓋住了傅雷翻譯家的名聲，而傅雷文學翻譯的傑出成就又遮蔽了一位集中西文化品格於一身的特立獨行的知識分子的崇高形象。

薩義德（Edward Said）曾經給出過一個有關知識分子的定義：「知識分子既不是調解者，也不是建立共識者，而是這樣一個人：他全身投注於批評意識，不願接受簡單的處方、現成的陳詞濫調，或迎合討好、與人方便地肯定權勢者或傳統者的說法和做法。」[5] 也即是說，知識分子應該抱着「不對任何人負責任的堅定獨立的靈魂」，「對權勢說真話」。他們「不是公務員僱員，不應該完全聽命於政府、集團，甚或志同道合的專業人士所組成的行會」。[6] 傅雷正是這樣一個「獨立的靈魂」：1949 年 12 月，時任清華大學校長的吳晗曾通過錢鍾書夫婦邀請他留在北京，到清華大學執教法語，但被他婉拒。他口上說是只想教美術史，實際上是他不願依附任何單位，寧可靠自己做文學翻譯的稿費養活自己，也要做一個獨立的

---

4. 謝天振、李小均：《傅雷：那遠逝的雷火靈魂》，頁 49。
5. 薩義德：《知識分子論》（北京：三聯書店，2002），頁 11–12。
6. 同上，頁 25。

人。結果，在解放後的中國文化界，傅雷與巴金一樣，成為全國僅有的兩個不要國家養活的人。

還有一件事也可讓人一窺傅雷特立獨行的人格：傅雷雖然是中國民主促進會的實際發起人之一，但自「民進」成立之日起，他一直與之沒有什麼聯繫。1956年下半年，「民進」準備召開全國大會，有人提名傅雷為中央委員候選人，傅雷獲悉此消息後立即致電推辭，還專門致函「民進」主要領導人馬敘倫等三人，懇請代為說情。可見他並不是故作姿態，而是發自內心的決定。

如所周知，傅雷的一生主要是西方文學形象的譯介者和傳遞者，然而細究他思想的淵藪卻不難發現他所受的中國儒道傳統的浸淫。在為人處世上，他既是儒家思想的信奉者，又是儒家思想的踐行者。事實上傅雷自己就曾在給傅聰的一封信中坦承：「我始終是中國儒家的門徒。」[7] 作為儒家門徒，傅雷時常掛在嘴上的話是孟老夫子的「富貴不能淫，貧賤不能移，威武不能屈」。然而這些話傅雷可不是僅僅掛在嘴上的。1958年4月，傅雷被打成「右派」，突然之間，他「似乎老了許多，白髮更多了」，「夢魂不安，常常說夢話」，只有遠在波蘭的兒子的來信才是他「唯一的安慰」。[8] 此時，他只能在他奉為神聖的翻譯事業中排遣他的苦悶，尋求他的精神支撐。從1958年到1966年「文革」前夕，他翻譯了泰納（Hippolyte Taine）的《藝術哲學》、巴爾扎克的《塞查・皮羅多盛衰記》、《攪

---

7. 《傅雷文集・書信卷》，頁374。
8. 同上，頁452。

水女人》、《都爾的本堂神甫》、《比哀蘭德》、《幻滅》，還重新修訂了舊譯《高老頭》。可是，當傅雷把他的譯作交給出版社時，出版社方面卻對他說，出版可以，但鑒於他的「右派」身份，建議他用筆名。面對這樣的「建議」，除了稿費沒有任何其他經濟來源的傅雷斷然予以拒絕：「要麼署名傅雷，要麼不刊印！」於是在戴着「右派分子」帽子的整整三年多時間裏，傅雷沒有出過一本書，僅靠着「預支稿費」艱難地維持一家的生計。傅雷以其具體的行動踐行了儒家的「富貴不能淫、貧賤不能移」的信念，而在其生命最後時刻的淡然「棄世」，不也正是對「威武不能屈」一語的最好詮釋麼？

婉拒清華大學的教授聘請，堅辭「民進」中央委員的「高官」提名，傅雷的這些行為在一般人眼中不啻是「不諳世事」，甚至不識抬舉。然而，傅雷正是以這些「不諳世事」、不識抬舉的行為保持了、突顯了他作為一名具有獨立人格的知識分子的本性。上世紀 50 年代初，曾經是中國知識分子使命感特別強的時代。然而在經歷了「反右」等歷次政治運動以後，中國的知識分子群體出現了分化，一批人被迫保持了沉默，而另一批人則選擇了背叛，賣友求榮，攀附權貴，完全背棄了知識分子的獨立人格。有人也許會説，今天我們在回顧那段歷史的時候應該懷有「了解的同情」，「要歷史地看問題」，此話誠然不錯。但是我們是否因此就可以毫無立場地回顧歷史，面對錯誤的歷史事件、人物及其行為，沒有是與非的判斷？不錯，我們不能脱離歷史語境，以今天的是非標準和認識高度去苛求前人，但這並不意味着我們因此就可以抹殺曾經的錯誤，就可以為那些在特定歷史語境下出賣過良心、對其同類投井下石的知識分子開脱，無論以何種藉口。這樣做便是對傅雷這樣堅守知識分

子原則立場的人的不公乃至侮辱。這樣做，歷史就有可能重演。50年後的今天，我們追思、紀念傅雷之死，與其說是對當年那些像傅雷一樣堅守住獨立精神立場的知識分子的頌揚，不如說是對那些背叛了知識分子使命之人的譴責與鞭撻。同時，這也是對當下知識分子的一種警示。真正的知識分子是民族、國家的良知，無論何時何地都不應該忘記自己的社會責任和歷史重任，更不能丟棄了自己的獨立人格。只有這樣，先知者的鮮血才不會白流，先知者的靈魂才不至於在暗夜中孤寂地徘徊。

這，才是 50 年後的今天我們紀念傅雷之死的意義之所在吧。

二

事至今日，確切地說，早在上世紀 40 年代，傅雷作為一代翻譯大家的地位已經確立。然而，在對傅雷的生平事跡做了一番梳理之後，我們似乎發現，傅雷之走上文學翻譯的道路乃至後來終生以文學翻譯為業，恐怕並非出自他的初心。以傅雷的才情、學養和學術造詣，再加上客觀上如有合適機會的話，那傅雷也許更傾向於選擇走美術史家的道路，做一名藝術哲學家。那樣的話，中國就很可能會失去一位翻譯大家，而多了一位傑出的藝術哲學家。這一特殊的人生背景對我們認識翻譯家傅雷非常重要，因為這是使得傅雷這位翻譯家區別於許許多多其他翻譯家的深層原因。這個背景可以讓我們認識到，翻譯家傅雷首先是一名知識分子，而且是一名（如上所述）懷有儒家「達則兼濟天下，窮則獨善其身」理想的知識分子。在他無緣廟堂、未能直面公眾一吐心中抱負時，他選擇了翻譯。他把翻譯作為一種特殊的武器和手段，抒發他的人生理想和追

求，傾吐他對家國遭遇戰亂的憂傷和對民族命運的關切，傳遞他對振奮民族精神的希望和能量。

因此，青年傅雷初登譯壇，就把羅曼・羅蘭的「巨人三傳」之一的《貝多芬傳》作為自己正式開譯的第一本書，也就決非偶然。正如傅雷在 1934 年寫給羅曼・羅蘭的信中所言，經歷過少年時的苦悶、留法後青春期的迷惘與彷徨的自己，他在有一天偶然讀到羅曼・羅蘭的《貝多芬傳》(*Life of Beethoven*)，「如受神光燭照，頓獲新生」，自此振奮。之後他又讀到了「巨人三傳」中另兩本《米開朗基羅傳》(*Life of Michelangelo*) 和《托爾斯泰傳》(*Life of Lev Tolstoy*)，同樣「受益良多」。由此發憤翻譯「巨人三傳」，期望對同樣處於苦惱中的青年朋友們有所裨益。[9]

《貝多芬傳》因故未能於譯成後的 1932 年出版，而直到 1946 年才由上海駱駝書店正式出版。1942 年，傅雷在為即將出版的《貝多芬傳》撰寫的〈譯者序〉中進一步闡明了他當初翻譯「巨人三傳」的緣由以及他精神上的追求。他說，因為療治他青年時期「世紀病」的是貝多芬，扶植他在人生中的「戰鬥意志」的是貝多芬，在他心智成長中最大影響的也是貝多芬，多少次的跌倒經由貝多芬扶起，多少次的創傷是由貝多芬撫平。另外，貝多芬還把他引領進了音樂的大門，所有這一切的恩澤，他都希望把它轉贈給更為年輕的一代。他要他們明白，「唯有真實的苦難，才能驅除羅蔓蒂克的幻想的苦難；唯有看到苦難的壯烈的悲劇，才能幫助我們承擔殘酷

的命運；唯有抱着『我不入地獄誰入地獄』的精神，才能挽救一個萎靡而自私的民族。」傅雷説，貝多芬給他的啟示是，「不經過戰鬥的捨棄是虛偽的，不經劫難磨煉的超脫是輕佻的，逃避現實的明哲是卑怯的；中庸，苟且，小智小慧，是我們的致命傷。」所以在「現在陰翳遮蔽了整個天空，我們比任何時都更需要精神的支援，比任何時更需要堅忍、奮鬥、敢於向神明挑戰的大勇主義。」[10] 由此可見，傅雷翻譯一本書並不是隨意地選取某一本書翻譯的，而是因為感受到了原著巨大的精神魅力，想把它與自己國家的年輕人、與自己的同胞分享，才振筆而譯的。

此後，傅雷繼續秉承着這樣的翻譯宗旨，即通過翻譯為國人、為讀者傳遞正能量。1935 年他翻譯出版莫羅阿（Andres Maurois）的《人生五大問題》（*Sentiments et Coutumes*），就是試圖通過翻譯這一特殊武器，彌合當時我們國家已經「破碎的道德圖譜」。在譯者序言中他明確寫道：「於此風雲變幻，舉國惶惶之秋，若本書能使頹喪之士萌生若干希望，能為戰鬥英雄添加些少勇氣，則譯者所費之力，豈止販賣智識而已哉？」[11] 基於同樣目的，他於下一年還接着翻譯了莫羅阿的另一部作品《伏爾泰傳》。在翻譯時他故意把書名翻譯成《服爾德傳》，表示他對伏爾泰道德的佩服，並希冀借助啟蒙主義思想家伏爾泰的思想來重建中國自己的道德理想國。

---

10. 《傅雷文集・文學卷》，頁 365–366。
11. 同上，頁 250。

傅雷的這一翻譯宗旨與追求在他於 1936 年至 1941 年間翻譯羅曼‧羅蘭的長河小說《約翰‧克利斯朵夫》（*Jean-Christophe*）時達到了頂峰。

　　傅雷翻譯的《約翰‧克利斯朵夫》第一卷出版於 1937 年。那年抗日戰爭已正式打響，然而戰場上的形勢於我們國家非常不利：日寇長驅直入，上海、南京、武漢、廣州等重鎮相繼失守，中華大地半壁江山被敵人所佔。淪陷區內更是人心惶惶，悲觀失望情緒彌漫。面對如此人生逆境，傅雷思考的是人在這樣的環境下如何才能戰勝自我，戰勝敵人。顯然，他在《約翰‧克利斯朵夫》身上看到了所需要的力量：「它不只是一部小說，而是人類一部偉大的史詩。它所描繪歌詠的不是人類在物質方面而是在精神方面所經歷的艱險，不是征服外界而是征服內界的戰績。它是造成生靈的一面鏡子，是古今中外英雄聖哲的一部歷險記，是貝多芬的一闋交響樂。」傅雷希望讀者能在讀了這本書後燃起希望，「在絕望中再生」。[12]

　　《約翰‧克利斯朵夫》的第二至第四卷出版於 1941 年。其時，抗日戰爭進入了最艱難的相持階段。在那風雨如晦、前途渺茫的灰暗日子裏，傅譯《約翰‧克利斯朵夫》讓讀者迸發出了激情，燃起了生的希望，增添了精神力量。傅雷以翻譯為武器投入到了全民族的抗日戰爭中。

---

12. 《傅雷文集‧文學卷》，頁 254。

當代翻譯理論家勒菲弗爾（André Lefevere）在其《翻譯、重寫和文學名聲的操縱》一書的序言中強調說：「翻譯當然是對原文的重寫。所有的重寫，不論其動機如何，均反映出某種觀念和詩學，並以此操縱文學在特定的社會裏以特定的方式發揮作用。」[13] 傅雷以其出色的翻譯在我們國家特定的歷史時期發揮了他的作用。由此我們也就看到了在傅雷翻譯家身份的背後，一位始終與國家、民族共呼吸、同命運的崇高知識分子形象。可以說，1949 年以前傅雷的翻譯總是緊扣着時代的脈搏，為民族道德尋找楷模與寄託，為讀者個人籲求奮進的力量，為國家謀求出路，為文明尋覓歸屬。

2008 年，在南京大學舉辦的紀念傅雷誕辰 100 周年國際學術研討會上我曾坦言，「傅雷的譯作在我的學術生涯中也扮演着極其重要的作用」。我說：「我的譯介學研究，從理論層面上講，是比較文學的學科理論賦予了我開闊的學術視野和別開蹊徑的學術視角，而從實踐層面上講，那就是傅雷以及其他許多像傅雷一樣的優秀的翻譯家以及他們的譯作，使我具體、生動、形象地感受到翻譯文學作為一個相對獨立的文學實體的存在，使我具體、深刻、真切地認識到譯者的價值與意義。」[14]

1949 年以後，特別是 1958 年傅雷被打成「右派分子」以後，傅雷把他的翻譯對象幾乎全部鎖定在巴爾扎克的作品上。傅雷把巴

---

13. Andre Lefevere, *Translation, Rewriting, and the Manipulation lf Literary Fame.* London: Routledge, 1992, p. VII.
14. 謝天振：〈傅雷打破譯界的三個神話——為紀念傅雷誕辰一百周年而作〉，《社會科學報》，2008 年 7 月 3 日。

爾扎克作為他後半生的翻譯對象，一半出於他個人的興趣，另一半則多少出於上世紀五六十年代中國特殊的文化語境和傅雷背負的政治壓力。說是其個人興趣，因為傅雷翻譯巴爾扎克並非自1949年後才開始，之前他就已經翻譯出版過《高老頭》（*Père Goriot*）、《亞爾培‧薩伐龍》（*Albert Savarus*）和《歐也妮‧葛朗台》（*Eugenie Grandet*）等三本書。而且他還明確表示，對其他幾個法國作家，像莫泊桑、司湯達，覺得「不對勁」，「似乎沒有多大的緣分」。而巴爾扎克「氣勢磅礴，但又細緻入微的作品」，正如有關研究者所指出的，正好適合傅雷的譯筆。至於客觀原因，由於巴爾扎克得到了無產階級革命導師馬克思、恩格斯的肯定，所以即使在上世紀五六十年代的極左文藝路線統治下，其作品的翻譯還是能順利通過有關部門的審查而得到公開出版的。但不管出於何種原因，值得我們今天中國翻譯界額手稱慶的是，歷史因此給我們中國翻譯界留下了一份豐厚的文化遺產—— 15本傅譯巴爾扎克作品。有專家指出，傅雷翻譯巴爾扎克，堪稱「珠聯璧合」，「原作與譯作相映生輝」，共同成就了「翻譯史上難得一見的佳話」，[15] 也讓我們無比生動具體地體驗到了崇高精湛的文學翻譯技藝。

這15本傅譯巴爾扎克連同傅雷翻譯的其他作品一起，還讓我們直接感受到了一位職業翻譯家的高度負責的職業精神。以傅雷翻譯《幻滅》為例，光準備工作他就「足足花了一年半」。而總共50

---

15. 金聖華編：《傅雷與他的世界》（北京：三聯書店，1997），頁264–275。

萬字的這部作品，前前後後共花去了他整整三年半的時間。傅雷翻譯態度的認真負責由此可見一斑。

我曾説傅雷打破了翻譯界的三個「神話」。[16] 這三個「神話」稱，一、譯者永遠只能是原作者的影子；二、在文學翻譯中，譯者是不應該有自己的風格的；三、譯作總是短命的，它的壽命一般只有 20 至 30 年，最多也就 50 年。然而傅雷憑藉其精湛高超的譯筆和獨特的翻譯風格，沒有簡單地成為原作者背後的影子，相反，倒成了廣大中國讀者進入羅曼·羅蘭、巴爾扎克所營造的文學世界的「帶路人」——不少讀者是因了傅雷才愛上了羅曼·羅蘭，愛上了巴爾扎克的。而當羅曼·羅蘭和巴爾扎克的作品在法國本土已經開始少有讀者問津時，傅譯羅曼·羅蘭和巴爾扎克卻在中國仍然擁有着廣大的讀者，成為了國際翻譯界的一個奇跡。

我在紀念傅雷誕辰 100 周年的國際學術研討會上還説過一句話：「周氏兄弟、錢鍾書那代人讀林紓，讀嚴復；我們這代人讀傅雷，讀朱生豪；我們的下一代人讀誰？」我意在呼籲我們當前國內翻譯界繼承和發揚我們前輩的優良傳統，「一名之立，旬月踟躕」，「任何作品，不精讀四五遍，決不動筆」，為中國的文化事業奉獻出真正優秀的譯品。我也是在期待，期待新一代的文學翻譯的領軍人物的誕生，期待新一代文學翻譯家偶像的出現。

魂兮歸來，傅雷，你遠逝的雷火靈魂！

---

16. 謝天振：〈傅雷打破譯界的三個神話——為紀念傅雷誕辰一百周年而作〉，《社會科學報》，2008 年 7 月 3 日。

他不知道自己是……
——懷念方平先生

       自從方平先生於 2008 年 9 月 29 日下午 5 點 50 分在徐匯醫院去世以來，差不多馬上就要滿七年了。在這七年的時間裏，我時常會想起這位可敬可愛的老人，也一直想寫點文字紀念他。一是寄託我對老人的思念，二是讓人們可以了解方先生身上一些鮮為人知的方面。我一直認為，作為一位著名的文學翻譯家，方平先生在文學翻譯實踐領域的卓越成就早就為海內外的廣大讀者所熟知，無需我在此贅言。然而，他在翻譯研究領域，在比較文學、外國文學的性別研究等領域的成就，以及他的為人，知之者恐怕就不是很多了。我甚至覺得，包括方先生自己，依着他一貫的低調和謙虛，他生前對自己的認識與定位，恐怕也較多地只是局限於文學翻譯實踐領域。方先生曾寫過一篇賞析性的文章，題目是《他不知道自己是一個詩人》，後來他還把這個題目用作他自己的一本文集的書名，[1]可見他對這個題目不無偏愛。而在我看來，如果把這個題目套用於方先生本人，似乎也是挺貼切的，甚至還可以把這個題目進一步拓

---

1.   方平：《他不知道自己是一個詩人》（武漢：湖北教育出版社，2002）。此書為許鈞、唐瑾主編的「巴別塔文叢」之一種。

展：他不知道自己是一個詩人，他不知道自己是一個譯學專家，他不知道自己是一個比較文學專家，他不知道自己是一個外國文學研究專家，他不知道自己是⋯⋯然而這些年來，因忙於雜事，我卻一直未能把我的想法付諸行動，每念及此，總感覺愧對九泉之下的方平先生。

我很早就知道了方平先生的大名。還在上世紀 70 年代末、80 年代初我在上海外國語學院（現上海外國語大學）讀碩士研究生時，我就已經讀到了方先生翻譯的《莎士比亞喜劇五種》、《十日談》、勃朗甯夫人（Elizabeth Browning）的《愛情十四行詩集》（*Sonnets from the Portuguese*）和方先生自己撰寫的莎劇研究文集《和莎士比亞交個朋友吧》等譯作和著述，並對他非常敬仰。不過與方先生的近距離直接接觸還是在 1985 年才開始的，那一年 3 月，上海比較文學研究會成立，方先生是研究會的理事，我是研究會的秘書長，再加上那一年 9 月，香港中文大學舉辦國際比較文學學術研討會，上海出席那個會議的就是賈植芳先生、方平先生和我三人。而且在出席了香港的學術會議返回上海前我們還應邀在廣東外語學院（現廣東外語外貿大學）一起小住了幾天，這樣回滬後我們就開始有了較多的交往。

方平先生給人的第一印象是為人極其謙和。即使對我這樣屬於他的小輩、晚輩的年青人，他也總是客氣地稱呼我為「謝先生」。甚至當他要表達與我的不同意見時，他的語氣也總是那麼的委婉，完全是一種商榷性的口吻，從不居高臨下，更不會盛氣凌人。記得有一次我與方先生一起開會，會上我說到，「有時候，優秀翻譯作品的市場反而沒有劣質譯作的大」。他聽後顯然感到無法接受我這

個觀點，便說，「謝先生，怎麼可能是這樣呢？」我於是跟他解釋說：「譬如有一部很有名的外國文學作品需要翻譯，出版社找到了您，您接下這個任務後就開始非常認真地進行翻譯，字斟句酌，為一名之立而旬月踟躕。甚至在已經完稿後都您都仍然遲遲不肯交稿，還在繼續修改完善自己的譯作。而與此同時，另外一家出版社找到了我，也讓我翻譯這同一部原作。然而我是一個不負責任的譯者，我接下這個任務後馬上找了我的幾個學生，把原作拆散分給他們，並讓他們儘快把各自負責的部分翻譯出來交給我。我在收到他們的譯稿後，粗粗地統了一下稿，就交給出版社了。這樣，我翻譯的那本譯作不到半年就出版了。而由於原作的巨大聲譽，我的譯作賣得還很紅火，一下就賣掉了十萬冊，甚至更多。而您精心打磨的譯作在一兩年甚至更長時間後才終於出版，然而由於我的那本劣質譯作搶先佔據了市場，所以待您的佳譯問世時，對那部原作有興趣的讀者因為已經購買了我的譯本，所以極大多數人是不會再買第二本同一原作的譯文的，這樣您這部譯作出版社就很可能只能印個兩三千冊，進入書店後它的銷路也很一般。您覺得事情是不是這樣？」他聽了我的話後，一陣默然，神色凝重，我知道他肯定是在為優秀譯作的這種命運感到心痛，趕緊安慰他說：「這當然是翻譯市場的一種我們不願意看到的、但又是客觀存在的現象。要改變這種現象，那我們就需要加強翻譯批評，讓劣質翻譯作品無處藏身，沒有市場。」聽了我這番話後，方先生的臉色才稍稍緩和下來。

上世紀 90 年代，我正在寫我的第一本譯學專著《譯介學》，我把其中的一些觀點先行整理成文單獨在雜誌或學報上發表。方先生對我的這些論文非常關注，每讀到一篇文章後就會給我打來電

話，而且情緒非常興奮，一談就是半個多小時，因為他極其敏銳且真切地感覺到我的譯介學論文都是在為提高翻譯、提高翻譯文學和翻譯文學家的地位而發聲。但有一天晚上他打來電話，電話中傳來的他的聲音似乎有些凝重。他說：「謝先生，我剛剛拜讀了你的大作《論文學翻譯中的創造性叛逆》。但我對你的『創造性叛逆』的說法有些想不通，你非要提『叛逆』嗎？那不是把翻譯家比喻成了『叛臣逆子』了嗎？那還談什麼翻譯家的地位呢？」我回答說：「方先生，我說的『創造性叛逆』那是一個中性詞，沒有褒貶的意思。其實這個詞我也是根據英文原文翻譯過來的。」「那英文原文是什麼？」我說：「是 creative treason。」他聽後「哦」了一聲，大概是覺得這樣翻譯也確實無可非議，所以也不再說什麼話。我於是再解釋了一句：「當然，也可以翻譯成『創造性背離』。不過既然學界已經通行用『創造性叛逆』，那我也就沿用這通用的譯法了。」他聽後就沒有再說什麼就把電話掛了。我以為他肯定對我的說法仍然有所保留，只是不便反駁而已，因為當時國內翻譯界有不少老翻譯家對「翻譯總是一種創造性叛逆」的說法不大能夠理解和接受，不少人甚至持保留乃至反對的立場。然而令我驚訝的是，之後方先生在為拙著《譯介學》寫序時卻專門提到這個術語，還以相當大的篇幅予以肯定，說：「『創造性叛逆』是『譯介學』所引進的一個命題，作者用專章討論，為我們開拓了一個全新的概念。……作者從中外翻譯作品中舉引了大量有關的例證，最後的結論是有說服力的：文學翻譯的創造性叛逆的意義是巨大的，正是由於它，『才使得一部又一部的文學傑作得到了跨越地理、超越時空的傳播和接受』。」他甚至還專門提醒說：「今後我們在文學翻譯本身的範疇內探討翻譯藝術，仍然要談到『信』和『忠實』，對於我們翻譯工

作者，這可是一個帶有神聖性的永恆的主題，但是看來有必要作深入一步的考慮了。」[2] 方先生樂於和善於接受新理論、新觀點的若穀胸懷，由此可見一斑。

其實，樂於和善於接受新理論、新觀點，正是方平先生一貫的學術品格。這個品格折射出的是方先生開闊的學術視野和博大的文化胸懷。在我看來，這也是方先生在作為一名傑出的文學翻譯家的同時，還能成為一名傑出的比較文學家和外國文學研究家的原因所在。上世紀 70 年代末、80 年代初，比較文學在中國大陸重新崛起，方先生以其敏銳的學術嗅覺立即察覺到這一新興學科的價值與意義，並為之深深吸引。憑藉其深厚的中外文化學養和中外文學的積澱，方先生在進入 80 年代後短短的三四年間即在全國各地的雜誌上發表了二十餘篇比較文學論文。1987 年底某一天，我已經不記得具體是在什麼場合，他從包裹拿出一本名為《三個從家庭出走的婦女——比較文學論文集》[3]（以下簡稱《三個婦女》）的書送給我，在該書的扉頁上他事先已經寫好了「天振同志指正」的題款。那一筆一畫極其端正的筆跡讓我受寵若驚，感覺擔當不起。這本書正是前幾年他發表的一系列研究比較文學的論文的結集。儘管收在這本集子裏的大多數文章我已經在《文學評論》、《外國文學研究》等雜誌上讀到過，但在收到方先生贈書的當晚我仍然抑制不住地被書中的文章所深深吸引，一氣讀完全書。這一方面是由於方平先生明白曉暢、優美生動的文筆。但另一方面，更重要的，是每篇

---

2. 方平：〈序二〉，載謝天振：《譯介學》（上海：上海外語語教育出版社，1999），頁 5。
3. 方平：《三個從家庭出走的婦女——比較文學論文集》（北京：外國文學出版社，1987）。

文章所蘊含的深邃的思想。譬如他把《紅樓夢》中的王熙鳳和莎士比亞筆下的福斯泰夫這兩個看上去完全不搭界的人物放在一起進行考察審視，卻引出了一個關於「美」的個性的深刻思考；把蒲松齡的《促織》與德國作家卡夫卡（Franz Kafka）筆下的《變形記》（*The Metamorphosis*）放在一起，卻引出了一個關於《促織》的新思考：都揭示了在不合理的社會制度下，人的「異化」的悲劇。

然而讀完《三個婦女》後，我感受到的最大震撼還在於方平先生對於比較文學學科方法論的理解與思考。在我的印象中，長期從事文學翻譯實踐的翻譯家和對中外文本比較熟悉的文學研究者，他們對文學的思考大多會比較偏重文學文本和作品的人物、情節等具體內容，而較少關注文學研究的方法論，更遑論對於比較文學這樣一個新興學科的方法論的關注。但方平先生的這本《三個婦女》卻從頭到尾貫穿着他對比較文學學科方法論的關注，裏面既有對影響研究的思考，也有對平行研究的分析。而且，更有意義和更具特色是，方先生對如此純粹的學術問題的闡釋卻不是用枯燥乏味的乾巴巴的語言，而是仍然用他一貫的風趣平易的語言，娓娓道來。譬如他談「影響研究」：「在我心目中，比較文學是『關係文學』——這是從好的意義上去理解『關係』這個詞。這是萬里尋親記，攀新親眷，建立新關係，真象古人所說的，是『樂莫樂兮新相知』。『影響研究』所取得的每一個值得注意的成果都幫助我們進一步體會到，每一個民族的文化建樹，都是為人類共同的精神財富作出自己的一份貢獻，都讓我們產生一種『海記憶體知己，天涯若比鄰』的親切感——因為我們看到了各民族間的文化交流有多麼源遠流

長。」[4] 而在談「平行研究」時，他竟然化身成了一名化學老師，把平行研究歸結成一個方程式「A：B → C」，並強調指出，我們不能「滿足於 A：B ＝ A ＋ B」，因為比較不是自身存在的理由，而是一種有效的手段，為的是通過比較，促使產生新的化合，新的反應 C。C 也許只是比較簡單的無機化學反應；當然，更可喜的是那複雜的、高分子的有機化學反應。C 代表了比較文學研究所取得的不同層次的深度。它是一種進行創造性的分析、演繹、歸納後所取得的成果。它為不同文化背景的民族文學描繪出一條運動着的規律，或者對某一種文藝現象進行新的探討，提出新的論斷，或者對於被比較的作品、作家的重新認識，甚至只是一個有啟發性的問題的提出。C 才是「平行研究」所追求的目標。唯有 C 才證明了「平行研究」自身的存在價值。[5] 這些話真稱得上既形象生動，又趣味盎然。自上世紀七八十年代比較文學在中國大陸重新崛起以來，國內學界從平行研究入手的比較文學研究文章發表了很多，但大多流於「X ＋ Y」式的比附，把兩個表面相似的作家、作品、人物、主題等拉在一起進行所謂的比較研究，驚歎於兩者的「何其相似乃爾」，卻未能揭示出其內在的可比性。從這個意義上而言，方平先生的比較文學研究論文，至今仍不失為國內平行研究領域的典範之作。

作為一名文學翻譯家，方平先生在外國文學研究領域所取得的成就與專治外國文學研究的專家學者相比卻也毫不遜色。尤其令人讚賞和佩服的是，作為一名男性老翻譯家和研究者，他的外國文

---

4. 同上，頁 87。
5. 同上，頁 363。

學研究卻透露出強烈鮮明的女權意識。這種意識，在我與方先生的直接交往中倒是從來沒有聽他說起過，這大概是因為他覺得我是從事比較文學和翻譯研究的，這些問題我不一定會感興趣吧。但我從他於上世紀 80 年代送我的《三個婦女》到 90 年代末送我的論文集《謙遜的真理》，再到進入新千年後送我的《呼嘯山莊》新譯本，卻感覺到他的這種意識在他的數十篇外國文學研究論文中一以貫之，幾十年始終不渝。[6]

其實，早在《三個婦女》之前，在為他翻譯的《十日談》所寫的譯序〈幸福在人間〉中，已經體現出了這種鮮明的女權主義立場。而在論文集《三個婦女》中，體現這種立場的文章那就更是俯拾皆是了。在〈三個從家庭出走的婦女〉一文中，方先生的同情心明顯地給予了那三個「生氣蓬勃，感情豐富得快要溢出來似的」婦女——《十日談》〈海盜與丈夫〉篇中的女主人公和《安娜·卡列尼娜》、《玩偶之家》兩部名著的女主人公身上，肯定三人「在那個使人窒息的環境裏，追求更鮮明地體現自己人格的個性解放」[7]。而在「可喜的新眼光」一文中，方先生在比較了伏爾泰的哲理小說《查第格》中第二章〈鼻子〉與馮夢龍編選的《警世通言》中第二回〈莊子休鼓盆成大道〉兩個故事後指出，「在婦女再嫁的問題上，《鼓盆》暴露了濃重的封建主義思想，扇墳的寡婦，劈棺的田氏，都是被恥笑、諷刺的對象。作者分明是一個女性憎惡者，從

---

6. 方平先生還送過我一本他的論文集《為什麼頂樓上藏着一個瘋女人》，更加鮮明地體現了他的文學研究的女權意識。但該書被我從前的一個學生借走了，一直沒有還我。我在上外圖書館裏也沒借到，只好暫付闕如。

7. 同上，頁 80。

他的眼裏看去，天下的女人全都是水性楊花，假情假意。」他甚至進一步分析說，在《鼓盆》故事中的三個人物即寡婦、田氏和莊子中，「最卑鄙惡劣的就是這個道貌岸然的偽君子」，也即莊子。與此同時，他比較肯定伏爾泰的小說，因為「婦女再嫁，在查第格的眼裏，並不是什麼傷風敗俗、可恨可惡之事（後來他反對過節婦殉夫的陋習）；主人公最後得到他所追求的幸福：和一位溫柔美麗的寡婦（巴比倫王后）結了婚。」[8]

毫無疑問，在方平先生所取得的諸多成就中，最令人矚目的當推他精湛的翻譯藝術和一系列關於文學翻譯的真知灼見。讀方先生的譯作，文字是那麼的自然流暢，內容又是那麼的明白顯豁，沒有絲毫的佶屈聱牙，感覺真像是原作者自己用中文寫的了。國內翻譯界多把錢鍾書先生所說的「化境」視作對譯作的最高評價，我覺得方先生的譯作完全當得起這樣的評價，也即「不因語言習慣的差異而露出生硬牽強的痕跡，又能完全保存原有的風味，那就算入得『化境』。」[9]

不過對方平先生的翻譯藝術成就的探討可不是本文這樣一篇小文所能承擔的，那是要花大功夫，細細對照原文和譯文，悉心揣摩，深入領會，才有可能悟得其中真諦。我這裏只想重點談一下方先生的翻譯思想。在我看來，當前國內外翻譯研究和翻譯理論的最新發展，正好可以映襯出、乃至更彰顯出方先生翻譯思想在國內

---

8. 同上，頁 354。
9. 見錢鍾書：〈林紓的翻譯〉，載羅新璋、陳應年編：《翻譯論集》（修訂本）（北京：商務印書館，2009），頁 774。

翻譯界的超前意識和理論價值。從某種層面上而言，我們甚至可以說，方先生的翻譯思想與國際譯學理論的最新發展是同步的。

當代國際譯學研究中的一個非常重要的思想就是讓「譯者登場」，即讓譯者及其譯作從原作者和原作的背後走出來，讓讀者看到在跨越語言和國界的跨文化交際中，譯者是一個相對獨立的主體，而譯作發揮着原作無法起到的作用。而方先生早在 1993 年發表在《中國翻譯》上的一篇《文學翻譯在藝術王國裏的地位》一文中就已明確指出：「忠實而又傳神的譯文有時甚至比原文更容易激發本國讀者的審美感受。這從接受美學的角度來看，是可以得到合乎情理的解釋的。」他說：「讀者的接受原著，也許停留於感受這一層面上就滿足了；而一位嚴肅的譯者接受原著，必須通過感受而深入到作品的思想意蘊，努力以他獨到的體會和理解進而給予有表現力的闡釋。這樣的譯品對於讀者接受原著（即使直接閱讀原文吧）是會有幫助的。」他還具體援引卞之琳先生譯的《哈姆雷特》第 2 幕開頭 16 行譯文為例：「至親的先兄哈姆雷特駕崩未久，/ 記憶猶新，大家固然應當 / 哀戚於心，應該讓全國上下 / 愁眉不展，共結成一片哀容，/……」認為這一段登基演說詞，譯文「維妙維肖地再現了篡位者那種冠冕堂皇、老練圓滑，而內心卻惴惴不安的神態，使人如聞其聲、如見其人」。不僅如此，方先生還進一步指出，通過譯文，我們「才讀出了更多的人情世態」，讀出了更多的「韻味」，讀出了「弦外之音」，而這一切都是「譯文進入情景、進入角色的理解，和曲盡其妙的發揮（也就是譯文的闡釋）給予原文

的」。[10] 這裏，方平先生對一部優秀譯作獨特的、即使是原作也無法取代的藝術價值的高度肯定，躍然紙上。

這讓我想起了 1998 年初夏的一天上午，他約我在淮海路百盛商廈的樓上見面。那裏是一個美食廣場，不過因為離中午吃飯的時間還早，所以還比較安靜。當時方先生正好審閱完了拙著《譯介學》的列印稿，作為審閱專家他約我見面以便當面交換意見。按理說方先生作為審閱專家，只要對所審稿件從宏觀上提些意見就可以了，或肯定，或否定，或提出修改意見，等等。但我看到我的列印稿有多處地方都有方先生的紅筆記號，標出的是我稿件上的列印錯誤，甚至還有知識性錯誤。他對拙著的第五章的標題〈翻譯文學——爭取承認的文學〉特別欣賞，言談之間甚至希望我就用這個標題作書名，而不要用「譯介學」這樣學術氣書卷氣比較重的書名。他說：「這個標題多好啊，多有氣派：翻譯文學——爭取承認的文學！」看得出那次見面方先生很興奮，所以在談完正事後他仍意猶未盡，於是我們就一起在美食廣場裏找了個飯館，又聊了一個多小時。

方平先生關於翻譯的見解中還有許多很重要的思想值得挖掘和總結。譬如，他對翻譯工作的高度自信。我至今仍清楚地記得，1988 年 11 月的一天，他把自己剛出版不久的《一條未走的路——弗羅斯特詩歌欣賞》一書贈送給我時那份掩飾不住的自豪與得意之

---

10. 方平：〈文學翻譯在藝術王國裏的地位〉，載《中國翻譯》，1993 年第 1 期，另收入方平：《他不知道自己是一個詩人》（武漢：湖北教育出版社，2002）。

情。我當時有點不理解，因為方平先生平時一向極其謙虛，這樣的表情在他身上是非常罕見的。但當我拜讀了這本書、特別是讀了該書的〈譯後記〉後，因為正是在這篇〈譯後記〉中方先生充滿自信地喊出了：「好詩，通過翻譯，是可以還它一篇好詩的。」[11] 再如，他針對國內一些譯者「為了追求譯文的精彩，有意無意地忽視了確切」的做法，明確表示反對，並提出：「譯文精彩，固然見出了譯者的文字功力，但可能並非是文學翻譯唯一追求的目標。譯文的貼切，同樣值得重視，而且同樣顯示出譯者的文學修養。」[12] 這樣的觀點，也是很值得我們後來的翻譯家們認真學習和反思的。

　　生活中的方平先生為人謙和，從不擺名人的架子。他衣着樸素，飲食隨和，在花錢上，尤其是對自己花錢，簡直有點「摳」。然而當上海戲劇學院籌建莎士比亞塑像時，他卻毫不猶豫地捐出了好幾萬元他自己多年的積蓄（這在當年來說不啻一筆鉅款）。而在他簡樸的外表下，更是躍動着一顆充滿人文情趣的心：他喜歡音樂，談起西方古典音樂來如數家珍。1992 年我從加拿大回國後在免稅商店買了一套在當時來說算是很高級的組合音響，他聽說後反覆向我打聽音響的效果如何，低音強不強，音樂的層次是否豐富、分明，等等。當然，他更喜歡詩，有時從外地出差回來，他會忍不住寫一兩首詩發表在報紙上。我在報上讀到過方先生的詩，覺得其實他完全可以成為一名詩人，但他在晚年把他的全部精力都投入到

11.　方平：〈譯後記〉，載方平譯：《一條未走的路——弗羅斯特詩歌欣賞》（上海：上海譯文出版社，1988），頁 224。
12.　方平：《謙遜的真理》（瀋陽：遼寧教育出版社，1998），頁 243。

翻譯、編輯、出版詩體版《新莎士比亞全集》這件事上去了。記得在這套詩體版《新莎士比亞全集》出版後，有一次大概是在上海作協開會吧，或是另外的場合，他見到我就說：「謝先生，我們的《新莎士比亞全集》已經出來了，我要送一套給你。」我連說「謝謝，謝謝！不敢當，不敢當！」但我知道，方先生主動表示要送這套書給我，實際上反映了方先生對此事非常有成就感，所以樂意與他的朋友，甚至他的晚輩一起分享。他還邀請我有空時去他家做客，聽音樂，我也很高興地接受了，但我因忙於開會、講學和籌辦《東方翻譯》等雜事而一直未能抽出空去看他。2008 年 5 月，我建議我的同事吳剛教授去對方先生做一次訪談，打算把這篇訪談稿作為《東方翻譯》創刊號上的一個亮點。我計劃等我們的《東方翻譯》正式出版後，我就帶着新出版的雜誌去面見方先生，同時還可向他約約稿。豈料還未等到我們的雜誌出版，就在當年的 9 月，方先生竟然駕鶴西去了。消息傳來，我驚愕之餘，更感到深深的哀傷，與方先生的未踐之約成為我終生的遺憾。

　　然而，儘管方平先生已經離開我們了，但我想，無論是我個人，還是上海翻譯家的同仁，乃至廣大讀者，我們永遠不會忘記這位傑出的外國文學翻譯家、外國文學研究家、比較文學家和譯學理論家。他留下的那麼多精湛譯作和深刻着述是我們上海文化界、也是全國文化界享用不盡、且永遠可以從中汲取到豐富營養的文化遺產和精神財富。在我們心中，方平先生的名字將與卜伽丘、莎士比亞、勃朗特姐妹（The Brontes）、弗羅斯特等偉大作家、詩人的光輝燦爛的名字一起，永世長存！

翻譯即生命
——悼念美國翻譯家邁克爾·海姆教授

2012 年 10 月 5 日晚上，我在杭州突然收到長灘加州州立大學亞洲與亞美研究系主任謝天蔚教授從美國通過手機發來的一條短信：「天振：UCLA Michael Heim 於上周六在家中去世，享年 69 歲。詳情請看我給你的電郵。天蔚」回到上海家裏後我趕緊打開電腦，馬上看到了天蔚轉發給我的洛杉磯加州大學（UCLA）在網上發佈的一則訃告：

> 著名的東歐、俄羅斯和德國小說翻譯家，加州大學洛杉磯分校教授邁克爾·亨利·海姆於 9 月 29 日（星期六），因黑色素腦瘤併發症於 Westwood 家中逝世，享年 69 歲。經 Priscilla 的許可，美國筆會中心（PEN American Center）10 月 2 日（星期二）宣佈，海姆為建立 PEN 翻譯基金的 734,000 美元匿名捐贈者。該基金每年向大約 12 名譯者提供 3,000 美元以上的獎金支持他們的翻譯項目。

讀罷訃告，我感到非常震驚，因為海姆教授的年齡並不大，且前幾年他來上海看我時他的身體看上去也還挺不錯的，怎麼一下子就走了呢？

我與海姆教授（見面時我稱他邁克爾）的直接交往其實並不多，也就兩次，一次是在日本東京，另一次在上海，就在我上海外國語大學高級翻譯學院的辦公室。我與他的電子郵件往來同樣也不多，屈指可數。然而就這不多的兩次直接交往和屈指可數的幾次電子信件往來，卻已讓我對海姆教授留下了深刻難忘的印象。

　　我初識海姆教授是在 2003 年。那年 12 月我應東京大學已故教授大澤吉博先生的邀請，參加由大澤吉博先生主持的一個國際翻譯研討會。那是一個非常小型的研討會，總共才十幾個代表，主要是東京大學等日本本土的的學者，國外學者就邀請了四名，一名美國的，一名韓國的，兩名中國的（我和清華大學的羅選民教授）。那位美國代表即是海姆教授。海姆的個子較高，大約有 1.8 米的樣子，人不胖也不瘦，滿臉絡腮鬍子，坐在我們這群亞洲人中間很引人注目。但他給我的感覺不像是美國人，倒有點像東歐人。我現在才知道，原來他確實是東歐人，是美籍匈牙利裔人，不過自小在美國出生長大。東京大學的這個會議是即興討論性質的，不需要事先提交論文，所以我現在都已經記不清楚當時我和他的發言內容了，我講的很可能是關於文學翻譯中的創造性叛逆問題或是關於翻譯文學在國別文學中的地位問題，因為那幾年我正在積極闡發我的譯介學思想和相關觀點。

　　那次的會議只有一天的議程，第二天沒有安排，是自由活動，所以我用完早餐後便很悠閒地在東京大學美麗的校園裏散步。走了沒多遠，迎面看見邁克爾也在那裏散步，於是彼此打了個招呼，便開始一起沿着池塘漫步。他先是對我昨天的發言表示讚賞，我以為

那是西方人的客套話，所以也很客氣地向他表示感謝，並不把他的話當真。然後我問他主要從事哪個方面的研究，他告訴我他主要從事文學翻譯實踐，翻譯東歐文學，還有契訶夫的作品。聽說他翻譯契訶夫的作品，我很驚喜，我告訴他我是契訶夫作品的愛好者，大學畢業時我甚至打算把契訶夫作為我畢業論文的研究對象，後來因為中國發生了文化大革命，正常教學秩序都被衝垮了，所以沒有寫成。獲悉我是學俄羅斯文學的，他顯然也很興奮，便用俄語與我交談，還問了我許多關於俄羅斯文學的問題及我的看法。談到後來，他告訴我他還想學中文，想通過契訶夫戲劇的中譯本學，問我能否為他推薦一個好一點的契訶夫戲劇的中譯本。我說沒問題，我回國後即可為他找一個這方面的優秀譯本。同時我還建議他，如果他想學中文的話，回到美國後可去找我的好朋友謝天蔚教授，他就在長灘加州州立大學教授中文。邁克爾後來果然去找了天蔚，並與天蔚結成了好朋友，相互過從甚密，還邀請天蔚夫婦上他家吃飯。我回國後也特地去買了一本契訶夫作品集，裏面收入了我認為最優秀的契訶夫戲劇的中譯本——焦菊隱翻譯的劇本，並請天蔚幫我帶給了邁克爾。

我們談得非常投契，將近分手時邁克爾對我說，他想送我一本他最近出版的翻譯作品，問我感不感興趣。「那是一部長篇小說。」他介紹說，「但是小說的正文卻只有 7 頁，它的註解倒有 20 頁，而註解的註解有 50 頁，最後還有 5 頁註解的註解的註解。」我聽他這麼一說，興趣大增，連忙說我很感興趣，表示如果有可能，我還願意把它翻譯成中文呢。他於是急步返回賓館，不一會便把書拿

來了，這是他從捷克文翻譯、由捷克作家約瑟夫·西紮爾寫的小說《一個波希米亞青年》，邁克爾還特地在書名頁上簽名題詞：

To Professor Xie Tianzhen

In the hope of further collaboration.

Michael Henry Heim

Tokyo December 2003

中譯：

贈謝天振教授

期待進一步的合作。

邁克爾·亨利·海姆

2003 年 12 月於東京

在東京分手後我們並沒有保持很密切的聯繫，只是在聖誕節和新年時偶爾有一兩則電郵互致問候。他告訴我他已經與天蔚接上關係，並且非常巧的是，他們倆還都是洛杉磯加州大學孔子學院的顧問，所以經常有見面的機會。我感到慚愧的是，我從東京回來後因一直忙於雜事，邁克爾送我的那本小說儘管我很有興趣，同時也覺得這本小說如果翻譯出來的話，對國內的作家創作應該很有借鑒意義，但一直沒有翻譯出來，感覺愧對他當初贈書的美意了。

2008 年 5 月，我又收到邁克爾發來的一則電郵。他告訴我他該年 8 月會到上海來參加一個會議，但他想提前一個星期來上海，想利用這個機會在上海學學中文。他問我有無可能幫他找一個中文

老師，他願意以教人家俄文作為交換。同年8月，邁克爾果然來到
上海，住在華東師大那邊一家普通的賓館裏。那天他來到我的辦
公室，我把宋炳輝教授介紹給他。炳輝是中國現當代文學的專家，
教他中文當然是綽綽有餘，而炳輝的女兒其時正好在學俄文，所
以這個安排可謂一舉兩得，雙方都滿意。此舉還讓炳輝得到一個
意外的收穫：炳輝那時正好在研究捷克作家米蘭·昆德拉（Milan
Kundera），沒想到邁克爾正是美國昆德拉作品最主要的英譯者，他
因此從海姆教授那裏獲得了許多關於昆德拉的新資訊，他們倆也因
此成為了好朋友。前年炳輝去美國出席一個中國現當代文學研究方
面的會議，他還專程到洛杉磯去拜訪了邁克爾。

　　跟在東京那次一樣，這次邁克爾又送給我一本他的最新譯
作——他從德語翻譯的德國作家湯瑪斯·曼（Thomas Mann）的名
作《威尼斯之死》（*Death in Venice*）。他照例在書名頁上題詞簽名，
然而這次的題詞卻讓我非常感動，因為他竟然直接用中文寫出了我
的名字，字跡還非常端正，雋永且清秀。我猜想，他為了寫好我的
中文姓名，說不定事先練了不知多少遍呢。他的題詞內容還讓我想
起了我們五年前在東京大學校園裏散步時他對我說過的讚揚話，我
現在相信他當時說的那番話是真心的，而不是出於禮貌性的客套恭
維。他的題詞是：

　　To 謝天振

　　Who understands what goes into a translation.

Michael Henry Heim

Shanghai July 2008

中譯：

贈謝天振
一位懂得翻譯內涵的人

邁克爾‧亨利‧海姆
2008 年 8 月於上海

　　告別時邁克爾握着我的手，問：「你何時來洛杉磯？」我對他說，洛杉磯我肯定要去的，天蔚已經邀請過我多次了，那邊還有我好幾個大學的同學和朋友，也一直在等着我去與他們聚會呢。「那好，」他說，說話時一如平常那樣表情嚴肅，語調平和，不高不低。「我們洛杉磯見。」說完他就告辭走了。我送他到辦公室的門口，望着他的背影，看着他慢慢地走到走廊的盡頭，然後拐彎下樓，消失。說實話，我當時根本沒有意識到，我眼前這位其貌不揚、衣着普通、說話待人態度十分謙和的外國人，是 20 世紀下半葉美國最重要的翻譯家之一，而我更沒有想到的是，我們這次簡單平淡的握別竟然是我與邁克爾的生死訣別！

　　確實，我對海姆教授的真正了解是在他去世以後，是在收到天蔚教授的手機短信以後。通過網上那一條條關於海姆教授的資訊，他的事跡、他的形象在我的心中才越來越具體，越來越豐滿。他對翻譯的全身心的投入和追求，以及他無私奉獻翻譯的高尚人格，讓我感到震撼，並油然而生崇敬之情，而他的不幸早逝則讓我深感痛心和哀悼。在與天蔚通電話時我問天蔚，我能為海姆教授的去世做點什麼呢？他回答說，寫篇文章吧，紀念紀念這位平凡而偉大的翻譯家。我覺得他說得對，我有責任和義務寫一篇文章，把這位散發

着人格光輝的美國翻譯家介紹給我們國家翻譯界的同行，介紹給我們國家的廣大讀者。

邁克爾·亨利·海姆，1943 年 1 月 21 日出生在美國曼哈頓，父親在他四歲時就因患癌症去世，由此可以想見，他的童年乃至青少年時期的生活不會很富裕。他在哥倫比亞大學唸的本科，學習俄語、西班牙語和漢語。在哥倫比亞大學時他曾有幸與美國著名翻譯家拉巴薩（Gregory Rabassa）共事，後者於 1970 年就翻譯出版了馬奎斯的長篇名作《百年孤寂》。邁克爾在哈佛大學攻讀斯拉夫語專業，先後獲得了這個專業的碩士學位和博士學位。之後他赴加州工作，在洛杉磯加州大學斯拉夫語言文學系任教，直至去世，時間長達 40 年，是這個系的「傑出教授」（distinguished professor）。

我感覺邁克爾身上最突出的一點就是他對翻譯的終生不渝的執着和追求。為了更好地翻譯，他一生都在不間斷地學習外語，所以他的同事稱他是 "a lifelong student of languages"（終生外語學習者）。他懂得 12 種外語，並把其中 8 種外語的作品翻譯成英文，包括俄語、捷克語、塞爾維亞─克羅埃西亞語、德語、荷蘭語、法語、羅馬尼亞語、匈牙利語，以及一種非印歐語。邁克爾之所以能超越其他眾多美國翻譯家，他懂得多種外語並有從多種外語翻譯成英語的譯本問世也是其中一個重要原因。《洛杉磯時報》曾發表過一篇關於他的報道，裏面提到，大部分不上課的上午，他都是坐在他的那台便攜式電腦面前，聚精會神地做他的翻譯。他的書架上則擺滿了各種詞典：1930 年代版的四卷本《俄語詞典》、《牛津俄英詞典》、蘭登書屋的《俄英成語詞典》、《朗曼英語成語詞典》、《同義詞詞典》，等等。他的妻子普里希拉（Priscilla）回憶說，每天

臨睡前，他總要默默地背上一會他正在學習的外語單詞。甚至在去世前最後的清醒時刻，糾結在他腦海裏的還是那些複雜難解的外語單詞。他把文學翻譯視作一場充滿歡樂的「歷險」（adventure），他說：「每天早晨醒來我就期待着這場『歷險』——新的人物在新的一年裏又會給我講述新的故事。」

邁克爾一生翻譯了大量世界文學中的精品：他從捷克文翻譯了米蘭·昆德拉的《不能承受的生命之輕》（*The Unbearable Lightness of Being*）和《笑忘書》（*The Book of Laughter and Forgetting*），從德語翻譯了君特·格拉斯（Günter Grass）（1999 年諾貝爾文學獎得主）的《我的世紀》（*My Century*）和《給洋蔥剝皮》（*Peeling the Onion*），以及布萊希特（Bertolt Brecht）的劇作，從俄語翻譯了契訶夫的戲劇《海鷗》（*The Seagull*）、《櫻桃園》（*The Cherry Orchard*）、《凡尼亞舅舅》（*Uncle Vanya*）。他於 1975 年翻譯的契訶夫書信集被《紐約書評》（*NYRB*）稱作「英語世界了解契訶夫思想的指南」，而他翻譯的另一部厚達 600 頁的 19 世紀末、20 世紀初俄國兒童文學詩人楚科夫斯基（Korney Chukovsky）的日記，則被視作「透視自 1901 年至蘇維埃政權時期的俄國社會的重要視窗」。

邁克爾對文學翻譯有一種非常執着的信念，他認為翻譯家是有可能把原作原汁原味地呈獻給讀者的，讓讀者在讀英語譯作時感覺到他或她與在讀法語或日語的原作一樣。「這確實有點不可思議，」2001 年他在接受《洛杉磯時報》的採訪時說：「但這就像是變魔術，當然是高明的魔術。你就當是看魔術麼。不過我認為這是可以做得到的。」

邁克爾的譯藝和翻譯成就得到了美國學界的高度評價。他於 2003 年即當選為美國藝術與科學學院院士，並先後獲得古根海姆學者獎（2005）、美國筆會／拉爾夫曼海姆翻譯終身成就獎（2009）、美國斯拉夫與東歐語言教師協會終身學術成就獎（2012）。UCLA 斯拉夫語系主任羅奈爾得‧武隆（Ronald Vroon）指出：「海姆教授是一位國際公認的學者，他從如此多的外語——好多種斯拉夫語和歐洲語——翻譯成英語的作品，讓人目不暇接。他是上世紀後半葉中國文學翻譯界的理論家、翻譯家、文化活動家和翻譯研究的先驅者。」UCLA 比較文學系主任埃夫倫‧克里斯托（Efrain Kristal）也指出，海姆教授「把翻譯研究提高到了學術研究的前沿，他的譯作博得了全世界的讚賞。」他以曾經與海姆教授這樣一位「大學者」同在一個學校共事而「感到榮幸」。邁克爾於 2004 年翻譯出版了德國作家湯瑪斯‧曼的名作《威尼斯之死》，並於翌年獲得在國際翻譯界享有盛譽的「海倫和庫爾特‧武爾夫翻譯獎」（Helen and Kurt Wolff Translation Prize）。

　　然而，儘管他取得了如此引人注目的成就和榮譽，但生活中的邁克爾卻是異常的低調，毫不張揚。無論是在東京大學的學術會議上，還是在會後的私下接觸中，他從不炫耀他的翻譯成就，而總是非常謙和、非常耐心地傾聽對方的發言和講話。甚至他來上海看我把他的獲獎譯作《威尼斯之死》送給我時，對該書獲獎一事也未置一詞。我覺得他在生活中這種異常低調、毫不張揚作風恐怕也在某種程度上影響了他的譯學觀點——《洛杉磯時報》稱他對翻譯的觀點「有點保守」（old-fashioned view），因為他不贊成當代文化理論張揚、抬高翻譯家的地位、認為翻譯家是在創作一部新作品的觀點，

他說：「我當然相信譯者是個創作者，但我卻並不那麼相信我是在創作一部新的作品。我只是在創作一部盡可能與原作一模一樣的作品而已。」

讓世人矚目並為之感到震撼的是，他於 2003 年給美國筆會中心捐了一筆高達七十三萬多美金的捐款，指定用作資助文學翻譯，但生前卻不許美國筆會中心公佈他的名字。美國筆會中心自收到這筆捐款以來已經資助了一百多位譯者，出版了七十多部譯作。直到他因病去世以後，美國筆會中心徵得他夫人普里希拉的同意，才公開了這個「秘密」。

更讓人感動的是，邁克爾本人其實並不是一個大富之人。幼年時他父親早早去世，給他的家庭生活肯定帶來相當的困難。工作後，依靠在大學做教授所得的薪酬和從事文學翻譯所得的稿酬，其收入其實也是相當有限的，何況他還有三個孩子、七個孫子、孫女。他的這筆捐款來自於他二戰期間在美國軍隊服役的父親去世後所得的撫恤金和利息。他把這筆撫恤金及其利息全部捐出，支援文學翻譯事業，沒給自己留一分錢。與此同時，他本人的生活卻非常節儉，甚至到了精打細算的地步。譬如他到上海來，他住的賓館就是一家非常普通的賓館，他想學中文，都捨不得花錢請老師，而是通過互教的形式。天蔚夫婦曾去邁克爾家吃飯，天蔚告訴我，他家裏的陳設也是非常簡單，飯菜也很簡單。不僅如此，邁克爾還把吃剩下來的剩菜殘羹加工做成堆肥，分送給他的朋友和同事，供大家養花種草用。據說他在路邊看到塑膠瓶和可樂罐，也總是不嫌其煩地撿起來送去回收⋯⋯

如所周知，與世界上許多國家相比，文學翻譯在美國處於一個相當邊緣的地位，與作家、藝術家不可同日而語。而邁克爾卻數十年如一日，在文學翻譯這塊土地上默默耕耘，甘於寂寞，甘於淡泊。儘管他自己已經在文學翻譯領域取得了舉世矚目的成就，但他並不以此為滿足，而是通過匿名捐獻鉅款資助文學翻譯的行動來促進文學翻譯的進一步發展。這種不求名利、視翻譯為生命的崇高品格着實讓世人欽佩不已。我曾經在一篇文章裏寫過，生命的價值不在於其時間的長短，而在於其品質。邁克爾在 69 歲這樣的年齡與世長辭固然是太早了點，然而他對文學翻譯終生不渝的追求和無私奉獻，必將與他豐碩的翻譯傑作一起被世人長久閱讀與紀念。